통영

통영

반수연 소설집

차례

메모리얼 가든 _ 7
혜선의 집 _ 35
나이프 박스 _ 63
사슴이 숲으로 _ 95
통영 _ 125
국경의 숲 _ 155
자이브를 추는 밤 _ 191

작품 해설 달아남으로써 돌아오는 | 이철주 _ 218
작가의 말 _ 234

메모리얼 가든

"갈비집인가 봐? 가든이라는 걸 보니……"

식당 일을 찾던 아내가 반색을 하며 들고 온 신문의 구인란에는 이렇게 씌어 있었다.

저희 메모리얼 가든에서는 지저귀는 새소리를 들으며 싱그러운 자연을 벗 삼아 성실히 일하실 분을 모집합니다. 이중 언어 사용자 우대. 자기소개서, 이력서 송부 요망.

오 개월 전 캐나다의 P시로 이민을 온 후 나는 일자리를 찾기 위해 이메일과 팩스를 이용해 사십여 군데에 이력서를 보냈고, 그때까지 단 한 군데에서도 답신을 받지 못한 상태라

몹시 초조해하고 있었다. 싱그러운 자연을 마다할 사람이야 없겠지만 그즈음 나는 기관지병을 앓고 있어서 비교적 작업 환경이 중요했고, 영어를 좀 한다는 것이 유일한 특기였으므로 망설임 없이 이력서를 보냈다. 이틀 후에 인터뷰를 하러 가서야 '메모리얼 가든'이 뭘 하는 곳인지 정확하게 알게 되었다. 아내와 아이들의 얼굴을 떠올리며 잠시 고민을 했지만 사실 내겐 별다른 선택의 여지가 없었다. 그로부터 일주일 후 나는 '메모리얼 가든'의 한국인 담당 '장례 코디네이터 겸 묘지 세일즈맨'이 되었다.

'메모리얼 가든'은 입구 쪽으로 영결식장, 사무실, 화장장, 시체 처리 보존실, 예배실이 있고 안쪽으로 낮은 능선을 끼고 사십만 평 규모에 만여 개의 묘지가 봉우리 없이 평평하게 조성되어 있었다. 묘지들 사이로 침엽수와 활엽수가 조화를 이루며 잘 손질되어 있었다. 군데군데 휴식을 위한 공간까지 마련되어 있어 아름답고 품위 있는 정원 같았다. 그래서인지 매일 아침 공원묘지에는 산책을 하는 사람들과 조깅을 하는 사람들, 자전거를 타는 사람들을 심심찮게 볼 수 있었다.

안개가 짙은 날씨였다. 나는 입구에 있는 주차장으로 들어가지 않고 묘지 쪽으로 차를 몰았다. 늘 하던 대로 묘지부터 한 바퀴 돌아볼 심산이었다. 늦가을 단풍잎들이 속절없이 휘날려 안개와 뒤섞였다. 하늘을 올려다보니 어디가 하늘인지 어디가 땅인지 분간조차 어려웠다. 지독한 안개였다. 일 년에 한두 번 이런 날에는 화장한 연기가 하늘로 올라가지 못해 살을 태우는 냄새가 공원묘지를 음산하게 뒤덮었다.

살아 있는 사람들의 세상처럼, 공원묘지의 무덤도 소수 민족들끼리 군데군데 모여 있는데 입구 쪽에 위치한 중국인과 일본인 묘지가 그중 규모가 큰 편이었다. 한국인의 묘지인 '망향의 동산'은 뒤늦게 만들어져 서남쪽 끄트머리쯤에 자리하고 있었다. 나는 '망향의 동산' 앞에 차를 세우고 혹시라도 간밤에 파손된 묘지가 없는가를 먼저 살폈다. 그날 묘지를 보기 위해 방문하기로 한 고객이 세 명, 그들에게 소개할 마땅한 자리도 미리 봐두어야 했다. 팔 수 있는 묘지는 그리 많이 남아 있지 않았다. 묘지 값이 오를 것이라는 소문이 나자 죽음을 의식하기 시작한 노인들뿐만 아니라 여유가 있는 중년들도 묘지를 사들이기 시작했다. 사람들은 묘지 값에 웃돈을 얹어 거래를 했다. 아파트처럼 묘지도 투기를 하는 사람들이 생겨난 것이다.

"굿 모닝, 미스터 정. 왔는가."

뿌연 공기 속에서 박 노인의 목소리가 불쑥 튀어나왔다. 박 노인은 아침부터 중절모에 양복 차림이었는데 갑자기 하늘에서 뚝 떨어진 사람처럼 내 앞에 서 있었다.

"영감님, 아침부터 웬일이세요?"

나는 도둑질을 하다가 들킨 사람마냥 당황한 목소리로 물었다. 그렇게 벼르고 벼르던 계약을 마침내 끝내고 돌아간 노인이 다시 나타난 것이다. 노인의 양미간에 두 개의 세로 주름이 그어졌다. 표정이 심상치 않다. 그때까지 노인은 열 번도 넘게 나를 찾아왔고, 올 때마다 구실을 찾아 나를 물고 늘어졌기 때문에 박 노인의 목소리만 들어도 노이로제가 생길 지경이었다.

"내가 말이야. 미국에 아들이 있어요. 뉴욕 월스트리트에 아들놈이 있지. 아들이 잘되었어. 아주 잘되었지. 콜롬비아 유니버서티에서 마스터 디그리 했고, 지금은 스탁 브로커야."

처음 박 노인이 나를 찾아왔을 때 밑도 끝도 없이 먼저 끄집어낸 말은 아들 이야기였다. 혼자서 이런 일을 보러 다니는 노인들이 업신여김당할 것을 염려해 뒷배를 장황하게 풀어놓는 것이야 늘 있는 일이었고 이해 못할 바도 아니었다. 박 노인은 장장 한 시간을 아들의 이력과 성공에 대해 늘어놓았다.

나는 지루했지만 묘지 사러 온 거냐는 말을 먼저 꺼내지 못하고 두 잔째 차를 내어주며 본론이 나올 때까지 예의 바르게 기다렸다. 장한 아드님 두셨군요, 얼마나 보람이 있으세요그래. 간혹 맞장구도 쳤다. 하지만 노인은 끝내 묘지에 대해서는 한마디도 하지 않았다. 한인 사회를 떠들썩하게 만들었다는 명석하고 잘난 아들 이야기만 늘어지게 하다가 약속이 있다며 낡은 일본 소형차에 올라타고 허무하게 돌아가버렸다. 나는 주차장까지 따라 나가 깍듯이 인사를 하며 배웅을 했지만 그 엉뚱한 노인네에게 은근히 부아가 치밀었다.

박 노인은 일주일쯤 후에 다시 나타났다.

"아들이 미국으로 오라고 그래. 그래도 내가 가서 뭘 하겠어? 용돈만 두둑이 보내주라고 말했지…… 손자 녀석들 생각하면 가고 싶기는 해도, 늙으면 친구가 필요해. 주치의도 여기 있고."

간간이 걸려오는 상담 전화를 받고, 시에 제출할 사망 신고 서류를 만들며 가끔씩 노인의 이야기에 고개를 끄덕였다. 아들 이야기가 어느 정도 끝나는가 싶었더니 노인의 장황한 이민사가 나왔다.

"내가 박정희 정권 때 이민을 왔어. 그러니까 내가 여기 있는 동안 대통령이 다섯 번 바뀌었지…… 자넨 이민 오기 전에 뭘 했나? 영어 선생? 반갑구먼. 나도 선생질을 했었네. 그래도 여기선 바닥부터 새로 해야지 암만. 자네도 이런 일 한다고 부끄러워할 필요는 없네. 이 나라에서 누가 자네한테 영어를 배우겠나. 잘 생각했어. 사람들은 어디서든 죽으니까…… 애들 공부시킬 때 고생한 건 말도 못해. 그래도 그게 또 보람 아닌가. 자녀는 몇이나 두었는가……"

"할머니는 살아 계신가요?"

퇴근 시간이 다가오고 있었다. 더 이상 충고도 하소연도 아닌 이야기로 마냥 시간을 보낼 수는 없는 노릇이었다. 일반적으로 묘지를 살 때, 부부의 묏자리를 같이 사기 때문에 마땅한 자리를 물색하려면 내게도 기본적인 정보가 필요했다. 이십 년 전에 갔어. 노인의 표정이 야단맞은 아이처럼 일순 시무룩하게 변했다.

박 노인이 묘지를 계약한 것은 그러고도 예닐곱 번은 더 오고 나서였다. 묏자리를 구두로 실컷 약속하고도 막상 계약을 하기로 한 날이 되면 방향이 안 맞네, 나무 그늘이 지네, 뿌리가 관을 뚫겠네, 배수가 마땅치 않네, 이 자리는 너무 비싸네 하며 하룻밤 사이에 말을 싹 바꾸어버리기 예사였다. 전날 정식으로 사인을 하고 수표로 결제를 하기까지 박 노인에게 묘지를 파는 과정은 내겐 이른바 고난의 여정이었다.

나는 잔뜩 긴장을 하고 안개 속에 서 있는 박 노인을 쳐다보았다.

"망향의 동산에 웬 중국 놈이 있어? 어제는 못 봤었는데 오늘 자세히 보니 이거 중국 놈 거네."

노인은 한국말로 쓰인 묘비들 사이에 생뚱맞게 자리하고 있는 왕(王)씨 성을 가진 중국인의 묘비를 지팡이로 가리키며 호통을 치기 시작했다. 애당초 '망향의 동산'에 조성된 이백삼십 개의 묘지는 한국인에게 팔기로 계획되었다. 하지만 웃돈을 얹어가며 그 자리를 탐내는 중국인이 있어 팔지 않을 도리가 없었다. 나는 이런 사정을 이미 여러 차례 노인에게 설명하고 양해를 구했었다.

"아니, 영감님. 어제 계약할 때도 말씀드렸잖아요. 중국인 묘지가 두 개 있다구요."

"언제 그런 말을 했다고 그려? 난 처음 듣는구먼. 망향의 동산이면 다 같이 한국 사람이어야지 중국 놈이 여긴 왜 들어와. 걔네들하고 우리하고 고향이 같아, 뭐가 같아? 게다가 내 자리에서 멀지도 않구먼. 중국말로 씨부렁거리면 속 시끄러워서 어떻게 누워 있으라고."

"아이쿠, 영감님도. 저기 저 묘지들 좀 보세요. 백인, 흑인, 베트남, 필리핀, 수십 개 나라 사람들이 다 섞여 있잖아요. 캐나다 공원묘지에서 외국인들은 싫다 하시면 말이 안 되죠."

"한번 묻히면 끝인데 그걸 이렇게 얼떨결에 정할 수는 없네. 바꿔주게나. 내 다시 찾아봄세. 간밤에 꿈자리도 뒤숭숭하고 말이야."

이쯤 되면 생트집이었다. 저택을 산다 해도 이보다 더할 것 같지는 않았다. 노인이 이 묘지를 둘러본 것만도 이미 여러 번, 그때마다 내게 주변 묘지 주인들의 사연을 묻기도 하고, 애달픈 사연이라도 들었을라치면 혀를 끌끌 차며 알지도 못하는 사람의 비석을 쓰다듬기도 했었다. '망향의 동산'은 태평양을 바라보고 있으니 곧장 가면 한국의 동해 어디쯤 닿을 것이라고 내가 말했을 때 노인은 고개를 크게 끄덕이며 '내가 태어나긴 이북 청진에서 났지'라고 했다. 노인은 이사 갈 동네의 인심을 알아보는 것보다 더 면밀히 주변 묘지를 조사했다. 그랬던 노인이 이제 와 그걸 얼떨결에 샀다고 주장하고 있는 것이었다.

박 노인과 실랑이를 벌이다 사무실로 돌아오니 한산했던 입구 쪽이 벌써 붐비기 시작했다. 주차장에도 빈곳이 없을 정도로 차들이 많아졌다. 터번을 쓴 남자들이 많은 것을 보니 오전에는 인도인의 장례식이 있는 듯했다. 이렇게 안개가 자욱한 날에 화장을 해야 하다니. 수습된 유해를 가지고 바라나시 성지의 갠지스강으로 가기 위해서 인도인들은 거의 예외없이 화장을 했다. 어디에서 무엇을 하고 살았든 그들의 현세는 바라나시에 도착하기 전까지는 끝나지 않는 듯 보였다.

사무실 책상 위에 한복이 든 종이 가방이 놓여 있었다. 그 사이 김 할머니 유가족이 다녀간 모양이었다. 나는 그것을 들고 퓨너럴 디렉터(funeral director)인 데이비드에게로 갔다. 김 할머니의 영결식은 내일 오전으로 잡혀 있었다. 주말에 돌아가신 김 할머니의 장례는 서류 작업이 늦어져 열흘 동안이나 치러졌다. 이곳에서는 흔히 있는 일이었지만 한국의 삼일장을 생각하던 유가족들은 절차가 길어지자 심하게 반발했다. 부고를 듣고 급히 한국에서 건너온 막내아들은 직장을 그렇게 오래 비워둘 수 없다며 언성을 높였고, 당장 시신을 보게 해달라며 울부짖었고, 당신이 일처리를 잘못해서 이렇게 된 게 아니냐고 나를 몰아붙였다. 나는 관청에서 허가가 떨어져야만 장례를 치를 수 있는 이 나라의 장례 절차를 입에서 단내가 나도록 설명하며 흥분한 상주들을 달래느라 진땀을 뺐다.

시신 처리실의 문을 두드리자 데이비드가 문을 열고 방문자를 확인했다. 머리에는 비닐 캡을 쓰고, 하늘색 유니폼을 단정히 입은 데이비드가 기다리고 있었다며 나를 맞이했다. 데이비드는 김 할머니에게도 자기와 같은 비닐 캡을 씌우고, 시신의 머리맡에 놓인 생전의 사진을 보며 눈썹을 그렸다. 김 할머니의 몸은 가운 위로 다시 비닐이 덧씌워져 있어 출고를 앞둔 장난감 인형 같았다.

"유가족들이 화장(化粧)을 진하지 않게 해달라는데, 어때 상태는?"

"그리 고생하지 않고 가셨는지 상태는 좋아. 시신이 너무 검게 변하지도 않았고. 편안해 보이는데."

시신을 인계받은 데이비드가 제일 먼저 하는 일은 시신을 알코올로 잘 닦아 살균을 하고 냉장 상태에서도 변하지 않게 몸의 몇 군데에 구멍을 뚫어 방부제를 투여하는 것이었다. 이곳에서는 좀체 시신을 냉동하지 않았다.

"할머니 젊었을 때, 미인이었겠어. 아주 고우셔."

데이비드가 마치 잠든 사람을 깨우지 않으려는 듯 목소리를 낮추어 말했다. 전문학교 퓨너럴 디렉터 과정을 마치고도 오랜 실습 기간을 거쳐 정식 디렉터가 되었다는 데이비드는 노련하고 부드러운 손길로 시신을 다룰 줄 알았다.

"이게 그 옷이야?"

데이비드가 종이 가방을 들여다보았다. 상주들 사이에서는 할머니의 마지막 옷에 대한 의견도 분분했다. 이곳에 오래 살았던 큰아들은 평소 어머니가 좋아하던 한복을 입히자 했고, 한국에서 장례를 치르기 위해 온 아들과 딸은 수의도 입히지 않고 어떻게 어머니를 보내느냐고 울부짖었다. 이곳의 관례대로 관 뚜껑을 열고 영결식을 하려면 수의는 적당한 옷이 아니었다. 수의는 죽은 사람의 옷이었다. 살아 있을 때 모습을 떠올리며 이별하려는 사람들에게 자칫 낯설고 두려운 느낌을 줄 수도 있었다.

"마치려면 시간이 얼마나 더 걸릴까? 괜찮으면 지금 옷을 입혀드리고 싶은데. 오후엔 손님들이 많이 예약되어 있거든."

나는 가방에서 한복을 꺼내 테이블 위에 올려놓으며 말했다. 한복을 입히는 일은 데이비드에게 익숙하지 않기 때문에 내가 도와줘야 했다.

"유가족들은 몇 시에 오기로 했어?"

데이비드가 분홍빛 볼터치로 시신의 얼굴에서 죽음의 그림자를 지워내며 말했다.

"한두 시간 남았네."

"어때, 너무 진한가?"

"잠든 것 같아. 자연스럽군. 내 보기엔 좋은데 유가족 마음에 들어야지 뭐."

시신을 덮고 있던 비닐과 가운을 벗겨냈다. 분칠로 화사해진 얼굴과는 달리 마른 장작처럼 뻣뻣한 몸엔 검버섯 같은 얼룩이 여기저기 피어 있었다. 속곳 위로 옥색 치마와 저고리를 입히고 옷고름을 매었다. 김 할머니의 주검 위로 노모의 얼굴이 스쳤다. 이민 수속을 모두 마치고 비행기 표를 끊고 나서야 노모에게 이민을 간다고 말했다. 나 죽으면 어쩌라고, 그리 먼 데서 나 죽으면 어찌 오려고. 낯선 삶에 대한 불안으로 착잡해진 아들을 앞에 두고 당신의 죽음부터 걱정하는 노모가 몹시 서운했다. 데이비드와 나는 시신을 양쪽으로 들고 갈색 가죽 베드로 옮겼다. 생의 무게가 빠져버린 몸은 짚으로 만든 것처럼 가벼웠다.

얇은 이불을 덮어주고, 베드 주위로 화환을 놓았다. 머리맡에 큰 촛불 두 개를 밝혔다. 화장과 염의 상태를 점검하기 위해 상주들이 올 시간이 얼마 남지 않았다. 데이비드는 비닐장갑과 캡을 휴지통에 벗어 던지고, 가운을 벗어 세탁함에 넣은 후 담배 한 대를 꺼내 물었다. 불꽃이 빨갛게 달아오르도록 담배를 깊이 한 모금 빨아 당기더니 긴 숨과 함께 연기를 뱉어냈다. 불꽃 위로 회색의 재가 아슬아슬하게 매달렸다.

박 노인이 다시 나를 찾아온 것은 묏자리를 바꾸어달라고 실랑이를 벌인 후 두 달 만이었다. 그날은 포클레인 기사들이 묘지를 파고 있었는데 때마침 내린 함박눈이 시야를 가려 애를 먹었다. 나는 한 평 간격으로 다닥다닥 붙은 다른 묘지에 손상이라도 갈까 그 광경을 걱정스럽게 쳐다보고 있었다. 박 노인은 한 손에 지팡이를 짚고 다른 한 손에는 가방을 들고 비치적비치적 눈길을 걸어왔다.

"또 마음이 바뀐 건 아니지요? 이젠 어쩔 수 없어요. 계약서에 사인 끝나고 나면 저도 어쩔 수 없습니다. 제 소관이 아니에요. 정히 싫으시면 할아버지가 다른 사람에게 직접 팔고 다시 사시든지. 반품은 안 됩니다. 규정이 그래요 글쎄."

나는 이 성가신 노인에게 어지간히 지쳐 있었기 때문에 먼저 못을 박았다. 노인은 퀭한 눈으로 나를 한번 쳐다보고는 아무 말 없이 뜨거운 차를 마셨다. 무슨 병이 들었는지 노인의 얼굴이 눈에 띄게 축이 나 있었다. 사무실의 온기 때문인지 뜨거운 차 때문인지 노인의 안경알에 뿌옇게 김이 서렸다. 노인은 안경을 닦을 생각도 않고 가방을 가슴에 안은 채 불편한 자세로 차를 마셨다. 노인의 회갈색 모직 코트 위에 눈이 축축하게 녹고 있어 더 추워 보였다. 모서리가 뒤집힌 모직 코트에는 수십 년은 족히 지난 것 같은 양복점 라벨이 금박 테두리를 두르고 붙어 있었다. 녹차를 다 마신 후에야 박 노인은 가방을 열어 나무 박스를 꺼내고 말문을 열었다.

"한 달 전에 양로원으로 들어갔네. 이것 좀 맡아주시게."

"그게 뭔가요?"

"내 안사람일세. 나 죽고 나면 나랑 같이 묻어주게."

노인은 옷 가방 하나 맡기는 것처럼 무덤덤하게 말했지만 나는 하마터면 들고 있던 찻잔을 떨어뜨릴 뻔했다.

"그럼 그 상자 안에 든 것이 유해인가요?"

"내 안사람 뼛가루일세. 그동안 벽장 속에 두었던 걸세. 그 사람 저세상으로 갔을 때는 애들 한창 공부할 때라 묏자리 살 돈이 없었어. 그렇다고 아무 데나 던져버릴 수도 없는 노릇. 지금에 와서 애들한테 보내기도 그렇고."

나는 정신을 차리고 도무지 납득이 되지 않는 이 상황을 이해해보려고 애썼다. 나는 박 노인에게 묘지를 판 세일즈맨이다. 내가 이 일을 하고 있는 동안 노인이 죽는다면 내 업무의 한계 내에서 최선을 다해 노인의 장례를 치러줄 것이다. 그러나 박 노인 아내의 유해는 이야기가 다르다. 이런 것은 뉴욕 증권가에서 잘나간다는 아들과 해결할 일이지 내 일이 아니지 않은가. 하지만 나는 무엇 때문인지 단박에 거절하지 못하고 머뭇거렸다. 게다가 노인이 지팡이를 쥔 손을 어찌나 덜덜 떨고 있는지 가뜩이나 어지러운 머릿속이 더 산만해졌다. 나는 충격을 덜 주면서 거절하는 방법을 생각하며 일단 노인을 달랬다.

"어휴, 그러셨군요. 정말 가슴 아픈 일입니다. 이제 제가 알았으니 영감님 돌아가시면 자제분들이랑 의논해서 책임지고 잘 모시겠습니다. 사정은 딱하지만 여기에 둘 순 없으니 그동안은 영감님 방에 가져다 두세요. 저를 믿고, 마음 푹 놓으시고, 오늘은 돌아가세요."

나는 부드럽지만 단호하게 절충안을 들이댔다.

"묘지 말고 미리 사둘 수 있는 것들이 뭐가 있소?"

박 노인은 내 절충안을 듣는 둥 마는 둥 슬며시 세일즈맨의 아킬레스건을 건드렸다.

"관이랑 장례 비용도 미리 지불해둘 수 있습니다. 말 그대로 논스톱 풀서비스죠. 계약된 절차대로 장례가 치러지기 때문에 갑자기 돌아가셔도 전혀 문제 될 게 없습니다. 예, 저희가 다 알아서 해드립니다. 여긴 한국처럼 부조금이 있는 나라가 아니기 때문에 이 나라 사람들은 대부분 그렇게 하지요. 관을 사두시는 건 정말 잘 생각하신 겁니다. 본인의 장례를 본인의 의도대로 차분히 준비하는 것은 삶을 성공적으로 마감하는 의미 있는 일이죠. 웬만한 관이라면 사천 불 정도면 살 수 있어요."

내관의 보호를 위해 필수적으로 설치하게 되어 있는 콘크리트 외관을 만들고, 방수를 위해 그 위로 스틸이나 플라스틱 처리를 하고, 내관으로 동관 정도를 하려면 관의 비용이 만만치 않았다. 묘지의 가격과 맞먹는 돈이었다. 나는 이 깐깐하고 변덕스러운 노인네가 또 무슨 트집을 잡을지 숨을 죽이고 반응을 기다렸다. 의외로 노인은 별말 없이 고개를 끄덕였다.

그날 박 노인은 관뿐만 아니라 장례 비용까지 지불을 하고 갔다. 관을 선택하고, 장례 절차를 의논할 때는 묘지를 살 때처럼 까다롭지 않았다. 나는 불안과 안도가 교차하는 조마조마한 심정으로 노인을 대했지만 오히려 노인은 오래 생각해

온 듯, 부고의 초안에서 묘비명까지 일사천리로 처리했다. 이제 서류는 거의 완벽하게 갖추어졌다. 단 하나 비어 있는 난은 사망 일자뿐이었다.

병실처럼 복도 양쪽으로 길게 줄지어 있는 방들을 통과해 막다른 벽 오른편에서 박 노인의 네임 카드가 붙어 있는 방을 찾았다. 주소에 적힌 그 방이었다. 박 노인이 나의 거절에도 불구하고 은근슬쩍 유해를 내맡기고 가버린 후, 나는 하루하루가 가시방석이었다. 처음에는 유해 가방을 사무실의 캐비닛 구석에 넣어두었다. 비록 일터가 수많은 무덤과 납골당이 있는 공원묘지라 해도 사무실에까지 유해를 둔다는 것은 간단한 문제가 아니었다. 아무도 그곳에 유해가 있다는 것을 몰랐지만 나는 사람들이 왔다 가고 나면 괜히 캐비닛을 열어 가방의 안전을 확인했다. 유해를 두었다는 사실을 의식하자 혼자 있을 때도 자유롭지 못했다. 무엇보다 사무실 규정을 크게 어기는 일이었다. 고민 끝에 가방을 차로 가지고 갔다.

어지럽게 널려 있는 낚싯대와 골프채를 한쪽으로 대강 치우고 가방을 넣었다. 아내나 아이가 발견하지 못하게 그 위로 잡동사니를 얹었다. 생각할수록 영감을 이해할 수가 없었다. 수시로 짜증이 치밀었다. 한 시간에 한 대꼴로 차를 도둑맞는 동네 아닌가. 누가 차를 훔쳐가기라도 하면 일이 커질 것이었다. 커브 길이나 오르막 내리막길을 운전할 때도 가방이 한쪽으로 쏠려 넘어지거나 파손이 되면 어떡하나 시시각각 신경이 곤두섰다. 그렇다고 집에 들고 갈 수도 없었다. 한창 공부할 나이의 아들이 남의 뼛가루나 들고 다니는 아버지를 어떻게 생각할지 상상만으로도 몸서리가 쳐졌다. 일주일을 버티다가 나는 가방을 박 노인에게 되돌려주기로 했다.

"영감님, 접니다. 미스터 정입니다."

두어 번 노크를 해도 기척이 없어 손잡이를 돌려보았다. 문은 열려 있었다. 방에는 일인용 침대 하나와 식사를 하거나 책을 볼 수 있는 작은 테이블이 벽 쪽으로 붙어 있을 뿐, 다른 가구는 없었다. 나는 선뜻 방으로 발을 내딛지 못하고 다시 한 번 노인을 불렀다. 역시 아무런 기척이 없었다.

들고 간 가방을 탁자 위에 올려놓고, 침대와 탁자 사이를 서성거렸다. 노인의 팔십 년 인생에서 남아 있는 것은 몇 장의 사진뿐이란 듯, 황량해 보이는 방과는 달리 탁자 위에는 스무 개가 넘는 사진 액자가 늘어서 있었다. 한국인 여자와 백인 남자, 혼혈로 보이는 두 명의 여자아이 사진이 많았다. 멕시코에서 의료봉사를 한다는 딸의 가족인 모양이었다. 그 사진 옆으로는 사각모자를 쓴 준수한 청년과 아직 늙지 않은 박 노인이 함께 찍은 사진도 있었다. 내게도 그와 비슷한 사진이 있었다. 대학 졸업식 때 아버지에게 가운을 입히고 사각모자를 씌우고 나란히 서서 사진을 찍었다. 사 년 동안 뒷바라지를 해준 보답이랍시고 그땐 누구나 그렇게 했다. 그 사진은 이민 올 때까지 고향 집 마루 처마 밑에 걸려 있었다.

서성이다가 탁자 앞 의자에 앉았다. 골치 아픈 노인네와 부딪쳐서 실랑이를 벌이느니 그냥 가방을 두고 가는 것이 나을 것 같기도 했다. 노인이 아내의 유해를 어떻게 처리하든 나와는 상관없는 일이다. 가방을 탁자 밑으로 밀어 넣고 방을 빠져나왔다. 엘리베이터 버튼을 누르고 문이 열리기를 기다렸다. 아무런 설명도 없이 내동댕이치듯 유해만 남겨두고 가버리는 건 아무래도 노인에게 너무 잔인한 일인 듯했다. 엘리베이터 문이 열렸지만 나는 노인의 방을 향해 돌아섰다.

마냥 방에서 기다릴 것이 아니라 노인을 찾아봐야겠다는 생각이 든 것은 그러고도 삼십 분쯤 더 지난 후였다. 날이 어스레해졌다. 나는 가방을 들고 아래층 휴게실로 내려갔다. 입구 쪽에서는 한 무리의 서양 노인들이 합주를 하고 있었다. 머리를 덜덜 떨면서 피아노를 치고 있는 할머니, 휠체어에 앉아 바이올린을 켜는 할아버지, 가쁜 숨을 몰아쉬며 색소폰과 하모니카를 부는 늙은이들. 아기 인형을 가슴에 안고 앉아 인형만 쓰다듬는 할머니. 턱시도를 입고 앉아 곡이 끝날 때마다 일어서서 브라보를 외치는 할아버지. 휴게실 다른 쪽에서도 노인들은 블록을 하거나, 체스를 하며 예민한 소녀들처럼 자기네들끼리 무리 지어 놀고 있었다.

창가 쪽 테이블에서 카드놀이를 하고 있는 한국 노인들을 찾았다. 거기에 박 노인이 있었다.

"안녕하세요?"

나는 박 노인의 어깨에 부드럽게 손을 얹으며 노인들에게 고개를 숙여 인사를 했다.

"아이구, 박 영감 아들인가 봐. 미국에 산다는 아들이 왔는가 보네. 영감하고 똑 닮았네그려."

귀가 몹시 어두워 보이는 할머니가 손뼉을 치며 좋아라 했다. 박 노인은 나를 보자 아무 말 없이 자리에서 일어나 먼저 앞장을 섰다. 나는 구부정하게 굽은 등에 갈고리 같은 손으로 카드를 든 노인들에게 명함을 한 장씩 돌리고 박 노인을 뒤따랐다.

"영감님, 이건 도저히 제가 못 가지고 있겠어요. 집에 둘 수도 없고, 사무실에 둘 수도 없고……"

가방을 노인 쪽으로 내밀어 보이며 말했다.

"에라 이 나쁜 놈! 넌 그 정도의 책임감도 없이 내게 묘지를 팔았더냐."

엘리베이터를 기다리는 중이었다. 박 노인이 갑자기 지팡이를 들어 내 정강이를 내려쳤다. 영감님! 다리를 움켜쥐며 소리를 치자 주위에 있던 노인들이 내게 경계의 눈빛을 보내며 모여들었다.

"그게 아니고요, 영감님. 일단 방에 올라가서 이야기합시다. 제 입장도 좀 생각해주셔야지요."

"아무 걱정 말라며 이것저것 팔아먹을 때는 언제고, 이제 와서 발뺌이야. 그럼 나 죽고 나서 아무도 이걸 거두지 않으면 어떡할 거야? 이게 덩그러니 거리에 버려지면 책임질 거야?"

나는 졸지에 휠체어를 타고 온 노인, 보행기에 의지해 걷는 노인, 지팡이를 든 노인들로 둘러싸였다. 가만히 있어도 가해자가 된 기분이었다. 아이고 영감님, 왜 이러세요. 나는 박 노인의 어깨에 팔을 두르고 거칠어 보이지 않게 다정한 미소를 지었다. 방으로 들어선 노인은 한마디 말도 없이 돌아앉아 창밖만 바라보고 있었다. 나는 이 용렬한 노인네가 잡아끄는 수렁으로 빠지지 않으려 안간힘을 쓰며 문 앞에 버티고 서 있었다.

"영감님, 제가 영감님 돌아가시면 어떻게 하든 이것을 수습하겠습니다. 그러나 지금은 정말이지 마땅히 둘 데가 없어요. 아예 납골당을 사서 따로 모시든지……"

노인은 그제야 나를 돌아보았다. 뜻밖에 노인의 얼굴은 독기라곤 없이 텅 비어 있었다.

"내가 외로울 것 같아서 그래. 젊은이, 아니 미스터 정, 내 사정 좀 봐주소. 고향으로 돌아갈 수도 없는데 마누라라도 옆에 있어야지. 안 그러면 내가 너무 외롭지 않겠소? 나 죽으면 내 몸뚱이를 책임지겠다는 자네 말고 이제 와서 누굴 믿겠나. 큰 은공 베푸는 요량 치고 이것 좀 해결해주소, 제발. 이 늙은이 마지막 소원이오."

노인은 방법을 바꿨는지 아예 읍소를 하고 나섰다. 방은 어두웠다. 석양을 등지고 앉은 영감의 실루엣은 더 검게 보였다. 이십 년이 넘도록 아내의 유해를 묻지도 뿌리지도 않은 노인이 괴물 같았다. 남아 있는 삶을 어떻게 죽을까만 연구하고 세월을 보내는 노인. 나는 그의 검은 그림자에서 얼른 벗어나야 했다. 내 삶은 노인의 죽음 앞에 마냥 머무를 만큼 녹록지 못했다. 나는 해야 할 일이 많았다. 지고 가야 할 짐도 무거웠다. 어떡하든 이 땅에서 버티고 살아내야 했다. 노인이 내 입장을 이해해주기 바랐지만 그렇지 못한다 해도 어쩔 수 없었다. 나는 가방을 방 안으로 밀어 넣고 뛰듯이 양로원을 빠져나왔다.

양로원 직원에게 전화를 받은 것은 그 이듬해 가을 추수감사절 주간이었다. 지난겨울 그 일이 있은 뒤 박 노인은 한 번도 내게 연락을 하거나 찾아오지 않았다. 중학생이 된 아들의 공부를 봐주고 침실로 들어오니, 밤까지 식당 일을 하고 온 아내는 옅게 코를 골고 잠들어 있었다. 샤워를 하고 맥주 한 캔을 따서 때마침 시작하는 열한시 뉴스의 헤드라인을 듣고 있었다. 그때 벨이 울렸다. 밤늦게 울리는 전화벨 소리는 순식간에 사지를 움츠리게 했다. 전화기를 향해 손을 뻗는 사이 고향의 부모님 얼굴과 전날 밤 심란했던 꿈도 언뜻 스쳐갔다. 나는 소리를 낮추어 "여보세요?" 했다.

"헬로우, 캔 아이 스피크 투 미스터 정?"

양로원의 서류에는 사망 후 핫라인이 순서대로 적혀 있는데 그 일순위가 나였다고 했다. 양로원 직원의 목소리는 너무 밝고 경쾌해 한밤중에 죽음을 알리는 음성이라고 생각하기 어려울 정도였다.

"곧바로 올 수 있나요? 가능한 한 빨리 옮겨주시기를 요청드립니다."

"사망 시간이 언제인가요?"

"오 분 전에 구급대가 와서 사망을 확인했습니다. 유감스럽게도 저희 규정상 사망 후엔 한시도 여기에 둘 수 없습니다."

나는 시신 이송 팀에게 양로원의 위치를 알려주고 사무실로 출발했다. 사무실 컴퓨터를 두드려 박 노인의 유가족 연락처를 찾았다. 이상하게도 컴퓨터에 저장된 박 노인 파일에는 멕시코에 산다는 딸의 전화번호밖에 없었다. 뉴욕에 산다는 아들의 전화번호를 찾기 위해 서류철을 뒤졌다. 그러나 그곳에도 역시 아들의 전화번호는 없었다. 나는 딸에게 전화를 걸었다. 딸은 한국말을 전혀 알아듣지 못해서 영어로 박 노인의 죽음을 알렸다. 딸은 잠시 숨을 흡, 하고 멈추었지만 전화기에 대고 울거나 하지는 않았다. 나는 정중하게 애도를 표한 후, 박 노인과 합의한 장례 절차를 설명하고 메모리얼 가든의 연락처와 주소를 알려주었다. 딸은 비행기를 세 번 갈아타야 하기 때문에 아무리 서둘러도 이틀은 걸릴 것이라고 했다.

"오빠가 계시다고 들었는데요. 오빠 연락처가 없군요. 힘드실 텐데 연락처를 알려주시면 제가 전화를 드리죠."

내 목소리가 너무 사무적으로 들리지 않게 조심하며 말했다.

"괜찮아요. 오빠는 제가 찾아보지요."

딸은 화를 참는 사람처럼 단호하게 말하며 전화를 끊었다.

다음 날 나는 지역 신문사로 부고의 초안을 넘기고, 박 노인이 자신의 부고를 알리기 원했던 친구들에게 일일이 전화를 넣었다. 개중엔 벌써 저세상으로 떠난 친구도 있고 연락이 안 되는 친구도 있었다. 노인의 딸은 사흘 후에 도착했다. 남편도 자녀도 없이 혼자였다. 왜 혼자 왔는지 궁금했지만 물을 수 있는 말은 아니었다. 장례식장에서는 영결식 때만 조문객을 받기 때문에 따로 상가는 만들어지지 않았다.

"아버님이 제게 남기신 것은 없나요?"

사무실로 방문한 딸이 내게 물었다.

"그건 아버님 계시던 양로원에서……"

그때였다. 순간 물벼락을 맞은 것처럼, 노인과의 약속이 떠올랐다. 나는 박 노인의 딸을 이끌고 급히 양로원으로 향했다. 사망 후 양로원을 방문하는 것은 내 소관이 아니었기 때문에 까맣게 잊고 있었다. 저만 믿으십시오. 책임지고 처리하겠습니다. 나는 무수히 박 노인에게 다짐했다. 마음이 급해졌다. 몇 개의 신호등을 무시하고 액셀러레이터를 밟았다.

박 노인의 방은 이미 다른 노인이 사용하고 있었다. 박 노인의 유품은 두 개의 뚜껑 없는 종이 박스에 담겨 창고에 보관되어 있었다. 그 속에 아내의 유해 상자도 있었다. 딸은 유품들을 손으로 만져보며 그제야 오열했다. 딸의 울음소리를 듣자 나는 비로소 안심이 되었다. 딸은 유품들 속에서 사진 몇 장과 유서로 보이는 편지 두 통을 찾아 들었다. 나는 유해를 새삼스레 소중히 보듬고 양로원 밖으로 걸어 나왔다.

"이건 어머님의 유해라고 하셨어요."

"아!"

딸은 뭔가가 떠오른 듯한 얼굴로 짧은 탄식을 쏟았다.

"오빠는 아직 도착을 안 했더군요. 장례식 날짜는 의논해 보셨어요?"

나는 운전석에 오르기 전에 박 노인 아내의 유해를 딸의 손에 건네주며 물었다.

"오빠는 오지 않을 거예요. 여기저기 연락을 취했지만 닿지가 않아요."

"오빠가 뉴욕 증권가에 계시지 않나요? 아버님이 아드님 이야기를 많이 하셨는데요."

"아버지가요? 뜻밖이군요. 삼 년씩이나 연락이 없는 미친 마약중독자 이야기를 하셨다니 말이에요."

한때 촉망받는 수재이긴 했지요. 지금은 아버지가 죽은 줄도 모르는 망나니지만. 딸의 목소리가 흡수되지 못하고 차 안을 뱅뱅 돌았다. 나는 길게 숨을 내쉬었다. 차 안에는 어색한 침묵이 흘렀다. 자동차의 시디플레이어를 누르고 소리를 높였다. 슈베르트의 「마왕」이 좁은 차 안에 격렬하게 울렸다. 나는 오디오를 끄고 정면을 뚫어져라 응시했다. 공원묘지로 돌아오는 내내 설명되지 않는 감정에 억눌려 끝내 아무런 말도 할 수 없었다.

박 노인의 영결식은 차분하고 간단하게 끝났다. 이국에 와서 벗이 된 망자의 친구 몇 명과 양로원 친구들, 그리고 딸이 지켜보는 가운데 치러졌다. 박 노인은 종교가 없었지만 기독교인인 딸이 서양 목사님을 모셔와 망자의 명복을 빌었다. 친구들은 하얀 국화를 망자의 가슴에 얹고 멍하니 관 속의 노인을 바라보았다. 중절모에 지팡이를 짚은 늙은이가 관을 쓰다듬으며 소리 내어 울었다. 추도 연설이나 추모시는 없었다.

안개가 두터운 솜이불처럼 공원묘지를 짓누르고 있었다. 나는 벤치에 앉아 박노인의 편지를 다시 펼쳐 읽었다. 박 노인이 그토록 까다롭게 정한 묘지를 왜 포기했는지 나는 잘 알 수 없었다. 수신인이 '메모리얼 가든 미스터 정'이라 적힌 편지 속에는 이렇게 쓰여 있었다.

내가 원하는 곳은 움직일 수 없는 땅이 아니라, 흐르는 바다였네. 나와 내 아내의 유해를 태평양 바다에 뿌려주게. 흐르고 흘러 고향에도 가고 아들이 살고 있는 뉴욕에도 가고 싶다네. 내 묘지는 자네가 팔아서 양로원 친구들 술이나 한잔

사주시게. 부탁하네.

화장터 굴뚝에서 회색 연기가 뿜어져 나왔다. 나는 화장장 앞 벤치에 앉아 아들도 고향도 만나지 못하고 죽은 박 노인이 연기가 되고 재가 되는 것을 바라보았다. 연기는 안개에 싸여 하늘로 올라가지 못하고 공원묘지 위로 내려앉았다. 땅속에 빽빽이 누운 자들의 존재가 뿌연 연기 속에서 새삼스레 선명히 느껴졌다. 자신의 재를 자기 집 벽난로에 부어달라고 유언했다던 누군가가 생각났다. 자신의 유해를 애완견에게 먹여달라고 했던 이도 있었다. 고향의 흙 한 줌 무덤 위에 덮어달라는 말로 수십 년 동안 돌아가지 못한 고향에 대한 그리움을 대신 전하고, 이국에서 삶을 마감했다는 어느 음악가도 떠올랐다.

묘지 위로 뿌리를 내린 단풍나무에서 후두둑 잎들이 떨어져 내렸다. 뿌리가 쉼 없이 관을 뚫을 동안 나뭇잎은 신록이 초록 되고 다시 단풍이 되어 묘지를 덮었다. 수많은 묘지들이 있었지만 주위의 것들과 견주어보면 똑같은 건 없었다. 그들의 삶이 달랐듯 죽음 또한 그러했다. 돌아가는 길도 제각각이었다. 그들의 침묵이 돌덩이처럼 어깨를 짓눌렀다.

육지에서 삼 킬로미터 이상 떨어진 바다에만 유해를 뿌릴 수 있다는 법 조항을 박 노인의 딸에게 알려주기 위해 나는 자리에서 일어나 화장장을 향해 걸어갔다. 땅 위로 가라앉은 연기가 발에 밟힐 것만 같아 걸음이 자주 휘청거렸다.

혜선의 집

왁자한 웃음소리에 잠이 깬 것 같은데 눈을 떠보니 사방은 정적이었다. 혜선은 한기를 느끼며 잠결에 밀어낸 이불을 끌어당겼다. 손마디에 힘이 실리지 않아 이불이 툭 떨어져 나갔다.

여보, 여보.

혜선은 진석을 불렀다. 방 밖으로 밀고 나가지 못하는 소리가 공허했다. 이 사람이 어딜 나갔나. 혜선은 몸을 옆으로 돌려 누우며 진석을 기다렸다. 아래층에서 인기척이 들렸지만 소리가 가까워지지는 않았다. 혜선은 팔을 짚고 일어났다. 통증이 팔을 타고 가슴까지 이어졌다.

간밤에도 두어 번 통증에 눈을 떴다. 젖꼭지의 끝과 위장의 끝, 심장의 끝과 자궁의 끝, 모든 장기의 끝부분에 몰려드는 통증은 날카롭고 악의적이었다. 혜선은 종종 어둠 속에서 눈을 뜨고 자신을 깨운 것이 통증이었는지, 통증을 느끼는 꿈이었는지를 생각했다. 잠옷 속으로 손을 넣어 배를 이리저리 문질러보며 통증의 실체를 찾았다. 몸의 정중앙에 길게 그어진 오돌토돌하고 불규칙한 돌기들을 하나하나 만져보며 그것들이 단단히 닫혀 있는지를 확인하곤 했다.

계단이 아득했다. 혜선은 손때로 반들반들해진 핸드레일을 잡고 발을 아래로 내딛었다.

이 집은 계단이 현관을 향해 일직선으로 뻗어 복이 고이질 않을 거다.

친정어머니의 말이 귓가에 맴돌았다. 미국 생활 십 년 만에 산 첫번째 집이었고, 어머니가 미국을 방문한 것도 처음이었다. 어머니의 표정은 말보다 더 불길했다. 그럼에도 성에 차지 않는 듯 온몸으로 혜선의 불안을 자극했다.

일이 풀리지 않을 때마다 그 말이 떠올랐다. 고등학생이던 둘째가 계단에서 미끄러져 발목뼈가 몇 조각으로 깨졌을 때도, 진석이 앞마당 잔디를 깎다가 돌이 튀어 옆집 할머니의 머리를 다치게 했을 때도, 그 일로 재판을 받게 되었을 때도, 이층 안방의 비데가 터져 아래층이 물바다가 되었을 때도, 큰아이가 의사고시를 두 번이나 떨어졌을 때도 어머니의 예언은 저주가 되어 불쑥 수면 위로 떠올랐다. 그런 날이면 집은 들판의 천막같이 허술하게 느껴졌다. 하지만 혜선은 그 집을 떠나지 않았다. 대신 가파른 계단에 우두커니 앉아 현관문 위에 뚫린 창으로 해가 기우는 것을 보며 가족 중 누군가가 돌아오기를 기다렸다.

아이들은 이 집에서 고등학교를 졸업하고 대학에 진학했으며, 직장을 찾아 멀리 떠나거나 결혼을 했다. 뿔뿔이 흩어진 아이들은 크리스마스가 되면 어김없이 집으로 돌아왔다. 가져온 선물을 트리 아래에 놓고, 등과 오너먼트를 트리에 매달았다. 오너먼트는 아이들이 유치원 때 만든 조잡한 장식부터 어른이 되어 혜선에게 선물한 값나가는 크리스털 엔젤까지 혜선의 시간이 집약적으로 담겨져 있었다. 혜선은 오너먼트를 트리에 매다는 시간이 일 년 중 제일 좋았다. 한 해가 저무는 시간이었고, 새해가 시작되기 직전의 시간이기도 했다. 벽난로에 불을 지피고 트리 앞에 모여 카드놀이를 하며 달콤한 코코아를 나눠 마시다 보면, 문득 이 모든 선택이 옳았다는 생각이 들곤 했다.

혜선은 계단의 중간쯤에 멈춰 서서 계단과 현관을 비추는 시시티브이 카메라를 쳐다보았다. 아이들 중 누군가는 이 모습을 보고 있을지도 몰랐다. 아들은 환자를 진료하는 사이사이 짬이 날 때마다 그것을 들여다본다고 말했다. 어쩌면 딸은 뉴욕의 번잡한 거리를 피해 사무실에서 혼자 샌드위치를 먹으며, 혜선이 계단을 한 칸 한 칸 느리게 내려가는 모습을 지켜보고 있을지도 몰랐다. 혜선은 한때 아이들의 우주였던 자신이 이제는 아이들의 아이가 되어가는 것이 아닐까 의심했다. 만약 그런 시간이 온다면 이 계단을 굴러서라도 생을 마치고 말리라는 의지가 있었지만, 이즈음 혜선은 순한 아이처럼 그것을 받아들이는 것이 남은 가족에 대한 도리일지 모른다는 생각도 했다.

현관에는 끈이 없는 하얀 남자 운동화와 굽이 낮고 낡은 페라가모 구두가 나란히 놓여 있었다. 진석과 여자의 신발이었다. 어제도 그제도 현관에는 둘의 신발이 놓여 있었다. 혜선의 신발은 모두 신발장에 있을 것이었다. 혜선은 지난봄 퇴원을 한 후로, 한 달에 한 번 병원에 가는 것을 제외하고는 외출을 하지 않았다. 자신의 모습을 누구에게도 보이고 싶지 않았다. 허물어져가는 것보다, 허물어져가는 것을 보이는 게 더 견딜 수 없었다. 친구는 물론 목사님이나 권사님의 기도 방문도 거절했다.

혜선은 많은 시간을 혼자서 방에 머물렀다. 양털 실내화를 신고 방에 딸린 화장실을 왔다 갔다 하는 것이 전부인 날이 많았다. 몇 주 전부터는 아이들의 성화에 못 이겨 하루에 한 번 계단을 내려와 우두커니 식탁에 앉아 있거나, 뒤뜰에 난 창을 열고 마당을 바라보기도 했다. 햇살이 좋은 날에는 데크에 앉아 진석이 정원 일 하는 것을 지켜보기도 했지만, 옆집 마당에서 사람들의 소리가 들리면 다시 자신의 방으로 돌아갔다.

혜선은 침대에 누워 잠을 자거나, 잠을 청했다. 방 안을 느리게 걸어 다니기도 했다. 할 수 있는 일이 많지 않았지만 열망도 나란히 사그라들어 그리 아쉬울 것도 없었다. 진석과 혜선은 하루 종일 한집에 있었으나 정작 함께 있는 시간은 많지 않았다. 혜선은 침대에서 시시티브이의 화면을 통해 진석이 식탁에서 혼자 밥을 먹는 것과 거실에서 한국 드라마를 보는 것, 드라마를 보다가 꾸벅꾸벅 조는 것을 보았다. 자다 깨서 시간을 확인하고 혜선의 약을 챙겨 계단을 오르내리는 것을 볼 때도 있었다. 혜선은 간혹 화면 속 진석을 보다가 눈에는 보이지만 손에는 닿지 않는 강한 단절감을 느끼곤 했는데, 죽음 이후의 세계가 그럴 것이라고 막연히 생각했다.

혜선은 현관을 지나 화장실 옆 세탁실로 들어갔다. 속옷을 세탁기에 던져 넣고, 반쯤 채워진 세탁기의 버튼을 눌렀다. 찔끔찔끔 새는 소변 때문에 팬티는 자주 젖었다. 여자는, 혜선이 시도 때도 없이 세탁기를 돌리는 바람에 하루에도 몇 번씩 빨래를 말리고 개어야 한다며 툴툴거렸다. 그러거나 말거나 혜선은 여자에게 사정을 설명하지 않았고, 그렇다고 여자가 상황을 모르고 있으리라 생각하지도 않았다.

부엌 식탁에서 진석이 삶아낸 돼지고기와 갓 무쳐낸 겉절이를 먹고 있었다. 여자는 고무장갑을 낀 채 고춧가루를 뿌려가며 갓과 무채를 섞어 김치를 버무렸다. 아일랜드 식탁 위에는 혜선이 수년 전 선창가 어선에서 직접 사서 삭인 새우젓이 통째 나와 있었다. 한동안 혜선의 눈에조차 보이지 않던 새우젓을 여자는 어떻게 찾아냈을까, 혜선은 의아했다.

내려왔어? 좀 앉아.

진석이 입가에 묻은 붉은 고춧물을 손으로 훔치며 의자를 빼냈다.

물 좀 줘요.

혜선은 여자가 버티고 선 부엌 쪽을 보며 누구에게랄 것도 없이 말했다. 진석이 자리에서 벌떡 일어났다. 여자의 살찐 엉덩이 뒤쪽으로 돌아가서 커피포트에 정수기 물을 받았다.

미지근은 해야지? 너무 차가우면 안 되니까.

진석은 아직도 입에 남아 있는 음식을 쩝쩝 소리 나게 씹으며 말했다.

입 좀 닦아. 더럽게.

김치를 통에 옮겨 담던 여자는 혜선과 눈이 부딪히자, 급히 고개를 숙였다. 혜선은 신경질적으로 갈라진 자신의 목소리가 거슬렸다. 기운 없고 고집 센 노인의 목소리. 혜선은 다시 자신의 방으로 돌아가 눕고 싶었다. 하지만 당장은 계단을 밟고 올라갈 엄두가 나지 않았다.

혜선은 창밖으로 고개를 돌렸다. 뒤뜰에는 여름이 고요하게 저물고 있었다. 진석이 여름 내내 뜰을 기어 다니며 토끼풀을 뜯어내고, 민들레를 파냈다. 좁고 깊게 내린 뿌리를 파내기 위해 낡은 포크를 구부려 작은 갈퀴를 만들었다. 손톱 아래는 늘 시커먼 풀물이 들어 있었다. 덕분에 잔디는 잡초 없이 새파랬다. 작약이 진 자리 옆으로 노란 국화가 피고 있었다. 사과나무에는 제법 튼실한 사과가 매달렸다. 이사를 들어오던 그해 진석이 라일락과 함께 심은 나무였다.

지난봄에 라일락이 피었던가?

혜선은 데크 한쪽에 포개져 있는 빈 화분들을 쳐다보며 말했다.

이번에는 안 피었어. 겨울이 춥지 않으면 꽃이 잘 안 핀다지 않았나, 당신이?

혜선은 선뜻 그런 말을 한 기억이 나지 않았다. 지난겨울이라. 혜선은 지난겨울이 까마득했다.

제가 가져다 드릴게요. 식사 마저 하세요, 사장님.

포트 옆에 서서 물이 끓기를 기다리는 진석을 돌아보며 여자가 말했다. 여자의 소리가 사뭇 다정했다. 혜선은 빨건 김치에 눈길을 주다 거뒀다. 보기만 해도 속이 쓰려왔다.

사모님 드실 건 백김치로 준비해뒀어요.

여자가 혜선의 속을 읽은 것처럼 말했다. 혜선은 여자가 예사내기가 아닐 것이라고 생각했다.

여자가 가져다 준 물은 너무 뜨거웠다. 혜선은 물이 식기를 기다려 한 모금 마셨다. 물이 마른 식도를 타고 내려갔다. 진석이 고기에 김치를 둘둘 말아 우적우적 씹더니 맥주를 들이켰다. 그는 여전히 젊은 남자처럼 먹고 마셨다. 혜선은 그의 에너지가 경이로웠다. 몇 해 전 그는 가벼운 뇌졸중을 앓았다. 그 후유증으로 왼쪽에 미미한 마비가 왔다. 혜선이 앓아눕자 그에게 새삼 생기가 감돌았다. 목소리가 커졌고, 몸놀림은 더 활기찼다. 혜선은 그의 생기가 묘하게 거슬렸다. 그녀는 종종 그 생기의 정체에 대해 생각했다. 혜선이 병들기 전 그는 집안의 환자였고 이제는 환자를 돌보는 사람이 되었다. 하지만 그것만으로는 설명이 부족했다.

혜선은 진석 앞에 놓인 접시를 보다 얼굴을 찡그렸다. 푸른 바탕에 금테가 둘린 웨지우드 접시에 돼지기름이 엉겨 붙고 있었다. 김치에서 흘러나온 붉은 물이 허연 기름에 섞여 영롱한 푸른빛을 엉망으로 더럽혔다. 혜선은 자신이 아끼던 접시가 싸구려 접시가 된 것만 같았다.

그럼 사용하지 말라고 하지 그랬어요? 내가 해요?

영상통화 속의 딸은 그래서 용건이 뭐냐는 투였다. 전화기에 대고 말을 하면서도 눈은 컴퓨터 모니터를 향해 있고 손으로 연신 뭔가를 타이핑했다. 뉴욕은 밤 열시는 되었을 텐데 딸은 아직 사무실인 모양이었다.

지금이 몇 신데 아직 집에 안 갔어? 저녁은 먹고 하는 거야?

난 엄마가 그런 것에 신경 쓰지 말았으면 좋겠지만요.

무슨 말이니 그게? 엄마가 그것도 못 물어?

아니 아니, 내 말은.

딸은 한숨을 내뱉더니 다시 말을 이었다.

접시 말이야. 엄마가 정 싫으면 내가 이야기할게. 근데요. 엄마! 엄마!

딸은 정색을 하고 혜선을 불렀다.

듣고 있다.

알죠? 더 이상은 안 돼요. 나 좀 살려줘 엄마. 사람 구하기가 얼마나 어렵다고요.

내 말은, 그 여자가 요리하는 사람 맞냐는 거지. 요리 연구가라는 사람이 접시 사용도 제대로 못한다는 게 넌 이상하지 않아? 한국에서 뭘 했다는 거, 그거 다 믿으면 못써.

화면 속에서 사라진 딸아이가 커피 잔을 들고 다시 나타났다.

밥이 맛있어서 살이 오른다던데, 아빠는.

늙어서 무슨 맛이나 알까.

엄마, 이번이 네번째야. 남이 엄마 마음 같을 수가 있나 어디. 그러니 빨리 기운 차려서 예전처럼 엄마가 해. 그럼 되지. 자꾸 이상한 데다 기운 빼지 말라니까. 웨지우드든, 로열코펜하겐이든 이제 그런 것들 얻다 써요? 난 안 가질 거야. 며느리 주려고?

혜선은 종료 버튼을 꾹 눌렀다. 화면은 다시 검어졌다. 혜선은 손으로 얼굴을 만져보다가 손거울에 얼굴을 비춰보았다. 움푹 팬 볼과 광대뼈까지 내려온 다크서클. 누가 봐도 확연한 환자의 얼굴이었다.

말기만 아니면 요즘 암은 불치병이 아니에요. 기저질환도 없고, 전이도 없고, 예후도 좋고.

아들은 의사라는 것을 앞세워 자신 있게 말했다. 가족들은 혜선을 설득하려다 스스로 최면에 걸린 것처럼 확고하게 혜선의 완치를 단언했다. 하지만 혜선은 그 최면에 합류할 수가 없었다. 하루하루 죽음이 다가오는 것을 몸과 마음으로 느꼈다. 근육이 다 빠져 헐거워진 살가죽이, 계단을 오르내리기도 힘겨운 체력이 그것을 증명했다.

지금 몇 시간이야?

혜선은 다섯 살 딸아이의 문장을 떠올렸다. 한쪽 눈을 안대로 가린 아이는 눈을 찡그리고 몸을 앞뒤로 흔들며 그렇게 묻곤 했다. 대답 대신 빙그레 웃기만 하는 혜선의 손을 잡아끌고 시계 앞으로 가 손가락으로 시계를 가리켰다. 지금이 몇 시냐고 묻는 것이기도 하고, 몇 시간이나 남았냐고 묻는 것이기도 했다. 아이는 시계를 볼 줄 몰랐고, 시간의 개념도 없었다. 어쩌면 아이는 대답하는 엄마의 표정에서 견뎌야 할 시간의 양을 가늠했는지도 모를 일이었다.

의사는 잘 움직이지 않는 아이의 한쪽 눈을 레이지 아이(lazy eye)라고 불렀다. 아이의 두 눈은 같은 곳으로 향하지 않았다.

움직이지 않는 눈을 움직이게 하기 위해 잘 보이는 눈은 안대로 가려야 했다. 아이는 움직이지 않는 한쪽 눈으로 티브이를 보다가 지치면 두 눈을 모두 꼭 감고 잠들어버렸다. 두 눈을 모두 감아버리면 안대가 아무 소용이 없다는 걸 혜선은 알았지만, 깊은 수면 속으로 도망가버린 아이를 보면 이상하게 안도감이 들었다.

몸의 모든 것이 가늘어지고 얇아졌지만 발톱은 두꺼워졌다. 혜선은 화석처럼 단단해진 발톱을 잘라내려 손톱깎이에 힘을 주었다. 두 손으로 꽉 눌러도 팔만 파르르 떨릴 뿐, 손톱깎이의 입은 다물어지지가 않았다. 게다가 제대로 굽어지지 않는 허리 때문에 발까지의 거리가 더 멀어졌다. 혜선은 세번째 여자를 떠올렸다. 세번째 여자는 혜선의 손발톱을 세심하게 관리했다. 여자가 떠난 후 발톱을 자를 엄두가 나지 않아 내버려두었더니, 발톱이 자라면서 휘어져 이불은 물론 제 살도 할퀴었다.

혜선은 손톱깎이에 힘을 주면서, 오후 내내 떠오르지 않는 주민번호 뒷자리를 기억해내려 애를 썼다. 노래를 부르듯 리듬을 타며 숫자를 하나씩 불렀다. 사, 팔, 공, 삼, 일, 칠, 이, 팔. 거기서 덜컥, 깜깜해졌다. 이민을 온 이후 아주 오랫동안 사용할 일이 없었지만, 혜선은 이따금 주문을 외듯 자신의 주민번호를 중얼거려보곤 했었다. 그게 하루아침에 기억나지 않았다. 어찌나 깜깜한지 기억이 나지 않는 것이 아니라 완전히 지워진 것 같았다. 지워진 것 같은 느낌은 기억나지 않을 때와는 다른 종류의 두려움을 느끼게 했다. 결코 복원되지 않을, 완전한 파괴의 느낌. 혜선은 거기서 벗어나려 기를 쓰고 숫자들을 떠올렸다.

지난밤에는 자다 깨서 현관 번호를 외워보았다. 왜 하필 그때 그게 떠올랐는지는 알 수 없었다. 외출에서 돌아오는 꿈을 꾸었을 수도 있었다. 현관문을 열지 못해 안달하다가 잠에서 깬 건지도 몰랐다. 현관 번호는 고작 네 자리인데 1334인지 1344인지 불문명했다. 확인하지 않고서는 다시 잠들 수가 없을 것 같았다. 혜선은 잠옷 바람에 슬금슬금 계단을 내려갔다. 옆방에서 진석이 코고는 소리가 새어 나왔다. 지하의 여자는 죽은 듯 기척이 없었다. 혜선은 현관문을 열어둔 채 문밖으로 나갔다. 가로등에 의지해 삐, 삐, 삐, 삐 숫자를 눌렀다. 키패드에 번호를 입력하는 소리가 깊은 밤 동네에 쩡쩡 울리는 듯했지만 잠금장치는 쉬이 풀리지 않았다. 혜선은 다리에 힘을 주고 서서 몇 번이고 번호를 눌렀다. 이것저것 더 눌러보다가 1134를 눌렀을 때, 삐리리, 경쾌한 소리와 함께 자물쇠가 풀렸다. 그제야 혜선은 어둠 속에서 빙그레 웃었다.

혜선은 발톱 깎기를 포기하고 옷을 입은 채 화장실 변기 위에 앉았다. 휴지통에 발을 올리고 뜨거운 수건으로 발 마사지를 했다. 세번째 여자가 그랬듯이 발가락 관절을 살살 주물러

풀고 발바닥을 꾹꾹 눌러보았다. 손끝의 힘이 좀처럼 발에 닿지 않았다. 혜선은 휴지통을 밀어두고 세숫대야에 뜨거운 물을 받아 발을 담갔다. 아들이 데려온 세번째 여자는 베트남 출신이었다. 여자의 손톱에는 짙은 선홍색의 매니큐어가 칠해져 있고 그 위로 반짝이는 보석이 여러 개 박혀 있었다. 혜선은 불안한 눈빛으로 여자의 손톱을 쳐다보았다.

손톱을 칠하지 않으면 빨가벗은 것 같다니까 어떡해. 엄마가 좀 이해해줘요.

아들은 혜선의 손을 잡고 달래듯 말했다.

너무 화려하지 않니? 남의 집 드나들 사람이.

두번째 아주머니는 음흉하고 어두워서 싫다 하셨잖아요, 어머니.

아들은 이 상황에 대한 혜선의 책임을 환기시키려는 듯 매몰찼다.

그 이야기라면 더 이상 하고 싶지 않다.

혜선은 아들의 시선을 피해 얼굴을 돌렸다. 살아온 경험과 몸에 축적된 예감을 간단히 무시할 수는 없는 노릇이었다. 아이들이 자신의 말을 병든 늙은이의 앙탈쯤으로 치부하는 것을 알았지만, 그렇다고 이미 죽은 사람처럼 입을 꾹 닫고 있을 수는 없었다. 무엇보다 이것은 아직 남아 있는 자신의 삶에 관한 일이었다.

이번에는 너무 밝아서 싫다는 말인가요?

환자는 나야. 함께 지내야 하는 사람도 나고.

어머니! 아버지 생각도 하셔야죠. 저희들 생각은 왜 안 하시나요?

아들은 그 말을 끝으로 휑하니 제집으로 떠났다.

세번째 여자는 밝고 싹싹했다. 중학생 아들을 혼자 키우며 사는 씩씩한 여자이기도 했다. 화학약품 알레르기 때문에 십년을 일했던 네일숍을 그만두고 전업을 준비하는 중이라고 여자는 말했다. 여자는 연신 관절이 비틀어진 오른손 검지와 약지를 왼손으로 꾹꾹 눌렀다. 매니큐어가 지워진 여자의 손은 나이에 비해 험했다. 콧소리가 많이 섞인 베트남 악센트의 영어는 알아듣기 쉽지 않았지만, 여자의 손은 많은 것을 말했다.

여자의 손끝은 다부졌다. 여자는 제집으로 돌아가기 전 뜨거운 수건을 몇 개씩 갈아가며 혜선의 발을 닦아주었다. 자신의 허벅지에 혜선의 발을 올려놓고 부드러운 크림을 발라가며 종아리를 밀듯 닦아내듯 위아래로 문질렀다. 밤마다 아리던 종아리 속 깊은 근육에도 그녀의 손끝은 정확히 가닿았다. 발바닥의 어느 부분을 한동안 꾹 누르고 있으면 전류가 흐르듯 등까지 따뜻해졌다. 혜선은 오랫동안 잊고 있던 편안하고 관능적인 손길 아래서 짧고 깊은 단잠에 빠지곤 했다.

요리 연구가였다는 네번째 여자는 기어이 중국 마트까지

가서 냉동 전복을 사 왔다. 재료 욕심이 많은 여자였다. 여자는 마트에 가기 위해 혜선의 차를 운전했다. 혜선은 여자에게 자동차 열쇠를 내어주었다. 아들 내외나 딸을 귀찮게 하지 않으려면 어쩔 수 없었다. 여자의 차가 차고로 들어오면 진석이 자동차 트렁크를 열고 여자가 사 온 식료품을 부엌으로 옮겼다. 혜선은 소리로 그것을 짐작했고, 때론 시시티브이로 그 광경을 지켜보기도 했다.

안방 침대로 전복죽을 들고 온 여자는 재료가 한국 거랑 달라 맛이 잘 나지 않는다며, 혜선의 표정을 살폈다.

어때? 괜찮지? 먹을 만하지?

혜선이 죽을 삼키기도 전에 진석이 먼저 설레발을 쳤다. 죽에서는 비린내가 진동을 했다. 혜선은 얼굴을 찌푸리지 않으려 애를 썼다.

수고했어요. 맛있어요.

따로 멸치 육수를 진하게 내서 끓였어요. 동치미 국물이랑 같이 드세요.

비린내가 목젖을 건드렸다.

이제 내려가보세요. 당신도 내려가. 성가셔.

바다에서 건진 건 예외 없이 비린내가, 고기에서는 피 냄새가, 곰탕에서는 고약한 기름 냄새가 났다. 산 것들의 감칠맛 뒤에 가려져 있던 역한 냄새가 일제히 튀어나왔다. 건강할 때는 느끼지 못했던 맛이었고, 건강한 이들은 이해하지 못할 맛이었다. 혜선은 호흡을 참으며 천천히 죽을 씹고 삼켰다. 죽 그릇을 비운 후에는 먹은 걸 토해내지 않으려 생강 캔디를 꺼내 물었다.

진석이 빈 그릇을 아래로 가져다 놓고 돌아왔다. 몇 걸음이라도 같이 걷자고 혜선을 일으켜 세웠다. 혜선은 기운이 없다며 손사래를 치다가 진석의 팔을 잡고 일어나 방 안을 걷기 시작했다. 진석이 왼쪽을 짚을 때마다 나무 막대가 바닥에 부딪히듯, 둔탁한 반동이 혜선에게로 전해졌다. 혜선은 진석의 팔을 쓰다듬었다. 건장했던 진석의 몸은 전체가 균등하게 쪼그라들었다. 오십 년을 함께 살았는데 남편의 늙은 몸이 생경했다. 의심 없이 기대고 산 지난 시간들을 되새기다 보면 늙는다는 것이 갑자기 들이닥친 사고 같았다.

사장님, 식사 준비 다 됐어요.

여자가 노크를 했다.

내려가서 저녁 먹어요.

혜선은 걸음을 멈추고 말했다.

당신 좋아하는 거 할 시간이네.

진석이 라디오 채널을 클래식으로 맞춰두고, 마치 멀리 떠나는 사람처럼 혜선의 뺨을 손으로 어루만지더니 방을 나갔다. 음악 사이사이 여자의 웃음소리가 섞여들었다. 웃음소리는 사각사각 신경을 긁었다. 진석과 여자는 혜선의 방 바로 아래서 저녁 식사를 하고 있었다. 이층과 일층 사이의 간극이 혜선을 천리 밖으로 밀어냈다. 혜선은 밀려나지 않으려 음악에 집중했다. 하지만 어느새 음악을 놓치고 여자의 목소리만을 찾고 있었다. 라디오의 볼륨을 더 높이고 눈을 감았다. 지금 몇 시간이야. 다섯 살 딸아이의 질문이 또 떠올랐다. 어린 딸을 안고 계단을 쿵쿵 오르내리던, 거짓말처럼 젊고 바빴던 그녀도 떠올랐다.

세번째 여자가 엎드려 진석의 발을 씻어줄 때, 소파에 기대 입을 해죽 벌리고 널브러져 있던 진석의 표정. 미끌거리던 생기와 불완전한 관능에 취해 어수선하던 사타구니를 혜선은 분명히 보았다. 여자는 진석의 가랑이 사이에서 고개를 숙이고 발가락 하나하나의 관절을 손가락으로 비비고, 혀로 핥듯 발바닥을 쓸었다. 그때 진석은 눈을 감고 있었던가. 그의 닫힌 눈 속에는 뭐가 있었을까. 연민과 배신감이 너울처럼 넘실거렸다. 네번째 여자의 웃음소리가 그 너울에 실려 왔다.

아들은 지낼 데가 마땅치 않다는 네번째 여자에게 오히려 잘됐다며 지하에 욕실 딸린 방을 내주었다. 밤늦게라도 필요한 일이 있으면 언제든 돕겠다는 여자는 혜선이 보기에도 믿음직한 구석이 있었다. 하지만 혜선이 더 이상 토를 달 수 없었던 것은 그 여자가 흡족해서는 아니었다. 세번째 여자를 보내며 벌어진 소동에 다들 얼마간 마음이 다쳐 있었고, 혜선이 더 이상 까다롭게 굴다간 아들도 딸도 모두 멀어져버릴 것 같아 조바심이 났다.

엄마가 그 여자에게 물을 뿌린 건 고소를 해도 할 말이 없는 거야.

딸은 혜선의 행동이 얼마나 위험한 짓이었는지 두고두고 말했다. 이런 엄마가 너무 낯설어 제 엄마 같지 않다는 말도 했다. 자식에게 그런 말을 듣고 있는 혜선도 스스로가 낯설었다. 혜선은 그날, 마시다 만 컵의 물을 진석과 여자에게 뿌렸다. 할 수만 있다면 한 동이의 물이라도 쏟아붓고 싶었다. 혜선은 그길로 이층 안방으로 올라가 옷장 이불 사이로 팔을 휘저어가며 보석 주머니를 찾았다. 새파랗게 젊은 여자가 다 늙은 남자를 구워삶을 때에는 재물 말고 다른 동기가 뭐가 있을까. 그나마 있는 것 다 퍼주고 나면 저 어리숙한 늙은이 혼자 어떻게 살까. 딸보다도 더 어린년을. 혜선의 앙다문 이빨 사이로 신음이 흘러나왔다.

혜선은 이불 더미에서 찾아낸 보석 주머니를 바닥에 탈탈 털었다. 이제는 헐거워져 끼지 못하는 것들이지만, 젊었을 때는 아까워 보기만 했던 것들이었다. 결혼반지와 웨딩 밴드는 그대로였다. 친정어머니가 물려준 바둑알만 한 산호 목걸이도 있었다. 나머지는 보석이랄 것도 없는 액세서리들이 대부분이었다. 그러다가 사파이어 반지를 떠올렸다. 딸 셀리를 낳고 만들었던 셀리의 탄생석. 바닷속 같은 푸른 사파이어의 사각 테두리에 다이아몬드가 촘촘히 박혀 있던 반지였다. 그 반지가 감쪽같이 사라졌다. 혜선은 자신의 예감이 틀리지 않았다는 쾌감과 닥쳐올 일에 대한 불길함을 동시에 느꼈다.

아무래도 치매가 온 것 같다. 네 아버지 말이야.

소동을 듣고 아들은 한걸음에 달려왔다.

어머니 정말 노망이라도 나셨어요?

요즘 네 아버지가 이상해.

발 마사지는 제가 부탁한 거예요. 발에 자극을 주면 아버지 회복에 도움이 되지 않겠어요? 요즘 부쩍 마비가 더 심해진 거 안 보이세요?

치매 검사를 해봐라.

아버지의 인지에는 아무런 이상이 없어요. 제가 의사예요.

사파이어 반지가 없어졌어. 그걸 여자에게 줬지 싶다. 그걸 준 이유야 짐작이 간다만 입에 담고 싶지 않다. 치매가 아니라면 네 아버지가 미친 거야?

사파이어 반지요? 엄마에게 그런 게 있었어요?

오래되긴 했지만 멀쩡한 반지야.

글쎄요. 값나가는 패물은 이민 초기에 다 팔아치웠다고 하지 않았던가요?

그건 팔지 않았다.

그렇다고 아버지가 그 반지를 여자에게 줬다고 어떻게 확신하죠? 어머니가 기억을 못하고 계실 수도 있는 거잖아요.

지금 반지 이야기하는 게 아니야. 네 아버지 건강에 대한 이야기다.

어머니, 이렇게 아버지 몰아붙이시면 정말 나빠질 수도 있어요.

돈도 많이 없앤 눈치야. 얼마 있지도 않은 재산을 그렇게 탕진하고 나면 그게 다 네 짐이 될 거야. 나야 가면 그만이지만.

신경안정제는 챙겨 드시고 계시죠?

난 우울하지 않아. 생각이 많을 뿐이지.

자신도 사파이어 반지를 본 적이 없다는 딸은 정 그렇게 의심이 되면 경찰에 신고를 해주겠냐고 오히려 되물었다. 진석이 절대로 그럴 리 없다는 전제가 깔린 말이었다. 저에게 물려주려 했던 반지라면서요. 그럼 제가 받은 셈 칠게요. 제발 이제 그만하세요. 딸은 결국 울음을 터뜨렸다. 딸의 울음을 보자 그토록 확고했던 사파이어 반지에 대한 기억이 뿌옇게 흔들렸다.

세번째 여자가 떠나고 한동안 사람을 구하지 못했다. 딸은 뉴욕에서 온라인으로 시애틀의 음식점에 배달을 시켜 진석의 끼니를 챙겼고, 며느리는 죽상으로 일주일에 한두 번 집에 들러 가져온 식료품을 냉장고에 넣고 문을 탁, 소리 나게 닫았다.

이 사람도 싫다, 저 사람도 싫다 하시면 두 분 다 요양병원에 들어가는 수밖에 없어요. 알렉스도 요즘 말이 아니에요. 매일 술을 마셔요. 애들도 슬금슬금 아빠 눈치를 봐요. 불쌍

한 내 아이들! 알렉스가 어떤 사람인가요? 그건 어머니가 더 잘 알지 않나요? 그에게는 가족이 전부예요. 그런데 지금 집안 꼴 좀 보세요. 엊그제 아버님은 여섯 시간씩이나 걸어서 옛날에 살던 도시로 가 길을 잃었어요. 지쳐서 벤치에서 잠이 들었다고요. 경찰한테 그 전화를 받고 알렉스가……

그러니 치매가 온 거라고 몇 번을 말했니? 그건 치매의 흔한 증세야. 알만한 애가 왜 그래?

알렉스는 아버님이 쇼크 상태라고 하더군요.

내가 아버지한테 못할 짓이라도 한 듯 말하는구나.

그 여자는 자격증을 가진 발마사지사예요. 손발을 만지는 게 그 사람 직업이라구요.

며느리의 얼굴에는 짜증과 실망이 숨김없이 드러났다. 이제 그녀에게 혜선은 그런 것들을 굳이 숨길 필요가 없는 존재가 된 것이었다. 며느리는 곧 경멸과 무시를 노골적으로 드러낼 태세였다. 그것만은 겪고 싶지 않았다. 그만 돌아가거라. 혜선은 방으로 돌아와 문을 꼭 닫아걸었다.

백인 며느리를 얻게 되었다고 했을 때 혜선을 애석하게 바라보던 친구들도 있었다. 하지만 혜선은 정말 괜찮았다. 며느리와 쓸데없는 기 싸움 하지 않아도 되니 더 좋다고 농담처럼 말하기도 했다. 크게 보태주진 않았지만 짐을 지운 적도 없었다. 혈육처럼 애틋하다고 말할 수는 없지만 남이라고 여겨본 적도 없었다. 자신의 고단함을 훈장처럼 흔들며 그들에게 보상을 요구한 적도 없었다. 혜선은 지금껏 자신의 방식으로 살아냈듯, 남은 시간을 자신이 알고 있는 안전한 방식으로 견디어내고 싶었을 뿐이었다. 어쩌다가 여기까지 와버린 걸까. 그 누구도 위협하고 싶지 않았는데 어느새 모두를 위협하는 사람이 되어버린 것인가. 혜선은 정신이 나간 사람처럼 한동안 방 안을 서성였다.

들릴 듯 말듯 속삭이는 소리, 커졌다 작아지는 웃음소리, 딸그락딸그락 수저가 그릇에 부딪히는 소리, 싱크대에 물이 흐르는 소리까지 유난히 많은 소리가 벽을 타고 혜선의 방으로 올라오는 날이 있었다. 그런 날이면 혜선은 전화기를 켜서 화면 속 그들을 지켜봤다.

진석이 밥을 먹는 식탁에 여자는 보이지 않았지만 그의 시선이 닿는 곳에 여자가 있을 것이었다. 여자가 테이블에 국그릇을 가져다 놓고 맞은편에 앉았다. 그릇 속에는 붉은 고깃국물이 가득했다. 진석의 말에 여자가 고개를 젖히고 깔깔 웃었다. 페로몬을 뿜어내는 과잉된 몸짓과 웃음. 그는 혜선의 식탁에서 그러했듯, 부지런히 젓가락질을 하며 여자의 수고에 답했다. 나물을 집어 먹고, 국을 떠먹었다. 찬사도 아끼지 않을 것이었다. 여자는 이미 반쯤 먹어버린 가자미를 뒤집어 가시를 발랐다. 발라낸 생선살을 진석이 입으로 가져갔다. 이제 진석은 위층에 누워 있는 혜선을 완전히 잊어버린 듯했다.

혜선은 소리라도 질러 자신의 존재를 알리고 싶은 충동을 느꼈다.

진석이 다른 여자가 만든 음식을 저렇게 잘 먹는 것이 이상했다. 둘은 이전부터 이미 아는 사이가 아니었을까. 혜선이 잠든 사이 진석은 조용조용 계단을 밟고 지하로 내려가 숨겨둔 사파이어 반지를 바치고, 저 포동포동하고 탄력 있는 젖가슴에 얼굴을 묻은 건 아닐까. 신경안정제를 삼키고 잠든 날은 모든 것이 깜깜해졌는데, 혜선이 잠든 사이 어떤 일이 일어나도 알 수가 없었을 것인데. 혜선은 폭주하는 상상을 멈출 수가 없었다. 한편에서는 망상이라고 스스로를 꾸짖고, 한편으로는 이 모든 것이 너무 완벽하게 들어맞는다고 부추겼다. 혜선은 생각을 멈추기 위해 머리를 흔들어보지만 오히려 생각은 혜선의 머리를 벗어나 목을 조여 왔다. 혜선은 분열을 견딜 수가 없었다. 침대에서 내려와 손으로 화장실 물을 받아 약을 삼켰다. 거울에 비친 자신을 낯설게 바라보다 흐트러진 머리를 손으로 쓸어 넘겼다. 어서 빨리 안전한 곳으로 도망가고 싶었다. 혜선은 약을 한 알 더 삼켰다.

혜선이 열시가 넘어 잠에서 깨어났다. 전날 밤 약을 두 알이나 먹어서인지 정신이 맑지 않았고 머리가 무거웠다. 혜선은 약간의 어지러움을 느끼며 방을 나왔다. 그때 여자는 진석의 방에서 나오고 있었다.

사장님 방 청소 좀 하느라고요.

여자의 손에 물수건이 들려 있긴 했지만 혜선은 그 상황을 이해할 수 없었다.

사모님 내려가 있는 동안 방 정리할게요. 화장실도 치워야 하고.

여자는 아직 식지 않은 혜선의 침대를 휘젓고 창을 열어 방의 공기를 바꿀 것이었다. 혜선은 여자를 말리고 싶었다.

여보! 여보!

혜선은 몸을 돌려 진석을 찾았다.

사장님 없어요.

여자의 얼굴에 묘한 웃음기가 스쳤다. 혜선의 등줄기가 서늘해졌다. 여자는 몸을 돌려 혜선이 방금 나온 방으로 향했다. 혜선이 여자를 돌아보며 계단을 밟았을 때 중심을 잃고 휘청하며 주저앉았다. 여자가 혜선에게 급히 뛰어왔다. 혜선은 돌진하는 여자가 자신을 계단 아래로 밀어버릴 것만 같았다. 혜선은 몸을 움츠리고 핸드레일을 꼭 잡았다.

제가 잡아드릴게요 사모님.

노! 노! 난 괜찮아요.

혜선의 말이 너무 단호해서인지 여자가 멈칫했다.

여보! 여보!

혜선은 다시 진석을 불렀다.

사장님 병원에 갔잖아요. 집에 아무도 없어요.

진석이 없다면 집에는 여자와 혜선뿐일 것이다. 왜 여자는 그 당연한 사실을 혜선에게 주지시키는 것일까. 혜선은 구조를 요청하듯 시시티브이를 쳐다보았다.

혼자 할 수 있어요. 다가오지 말아요.

혜선은 중얼거렸다. 여자는 꿈쩍 않고 혜선의 옆에 버티고 서 있었다.

무슨 고집이 그리 세요. 이러다 넘어지면 어쩌려고요. 여럿 고생 시키지 말고 제발 날 잡아요.

여자는 혜선의 팔을 잡았다.

이러지 마. 저리 비켜! 돈 터치 미. 오케이? 돈 터치 미.

혜선이 소리를 지르며 거칠게 몸을 흔들었다. 혜선의 기세에 여자가 몇 계단을 뒷걸음치더니 그대로 뒤로 꼬꾸라졌다. 비명과 동시에 계단이 무너질 듯 울렸다. 혜선이 고개를 들어 보니 여자는 현관 신발 옆에 널브러져 있었다. 혜선은 계단을 내려와 여자에게 몇 걸음 다가갔다. 여자는 얼굴을 찡그리고 얕은 신음 소리를 냈다. 피가 나거나 하지는 않았다. 혜선은 다가가지도 물러서지도 못하고 여자를 쳐다보다가 잠옷 주머니에서 전화기를 꺼냈다. 팔이 부들부들 떨렸다.

깊은 밤 집 앞에 자동차가 멈추는 소리가 들렸다. 혜선은 시시티브이 화면을 켰다. 검정 BMW 운전석에서 아들이 내려 뒷좌석 문을 열었다. 여자가 아들의 부축을 받으며 차에서 내렸다. 여자는 목발을 짚고 느리게 걸었다. 목발을 짚은 폼이 어설펐지만 상태가 그리 나빠 보이지는 않았다. 현관문의 키패드가 삑, 삑, 삑, 삑 울렸다.

혜선은 전화기를 끄고 진석의 옆에 누웠다. 둘이 나란히 누운 게 얼마 만인가. 혜선이 많이 놀랐을 거라며 진석은 저녁 내내 혜선의 방을 떠나지 않았다. 진석은 늦은 밤까지 혜선이 잠이 들기를 기다리다, 침대 끝에 몸을 누이더니 먼저 잠이 들어버렸다. 혜선은 돌아누운 그의 등에 가만히 손을 올렸다. 진석이 잠결에 몸을 돌려 혜선을 팔로 감았다. 혜선의 얼굴이 그의 가슴에 닿았다. 그의 심장 소리가 쩡쩡 혜선의 귀에 울렸다.

여보, 여보. 지금 몇 시나 되었을까. 밤이 아주 깊은 것 같은데.

혜선은 들릴 듯 말듯 진석을 부르다, 입을 크게 벌리고 하품을 했다. 자동차가 아득히 멀어지는 소리가 들렸다. 혜선은 눈을 꼭 감았다.

나이프 박스

명희의 유니폼 오른쪽 가슴팍에는 파란 물고기 세 마리가 파도 위로 튀어 오르는 퍼시픽 호텔 레스토랑의 로고가 선명하게 박혀 있었다. 명희는 더블 버튼을 목까지 채우고 소매를 두 번 접었다. 앞치마의 끈을 허리에 한 바퀴 돌려 앞으로 단단히 묶었다. 뜨거운 것을 잡을 때 쓰는 초록색 마른 행주 두 개는 왼쪽 끈 안에, 물기를 닦을 하얀 마른 행주 두 개는 오른쪽 끈 안으로 밀어 넣고 거울에 자신의 모습을 비춰보았다.

모자가 문제였다. 명희는 이마 위로 삐죽 튀어나온 흰머리를 모자 속으로 쑤셔 넣으며 생각했다. 모자를 쓰지 않고 머리를 풀면 아직은 감쪽같이 가릴 수 있을 정도의 흰머리였지만 요리사가 모자 없이 주방을 출입할 수는 없었다. 명희는 유난히 요리사 모자가 어울리지 않았다. 머리카락을 모두 걷어 올려붙이고 호빵 같은 모자를 쓰면 납작한 얼굴이 지나치게 훤히 드러났다. 무엇으로도 가려지지 않는 늙고 흐린 얼굴이었다. 간밤에 잠을 설친 탓에 눈 밑 다크서클은 더 짙어졌고 그리다 만 눈썹은 제멋대로 번져 있었다. 명희는 자신의 얼굴을 낯설게 바라보다 손가락에 침을 묻혀 번진 눈썹 화장을 닦아냈다.

지난밤 명희는 맥주 두 캔을 마시고 기절하듯 잠이 들었다. 어느 순간 누가 흔들어 깨우기라도 한 것처럼 눈을 떴다. 깊은 밤의 뜬금없는 각성은 갱년기가 시작되면서 생긴 증상이었다. 밖은 어두웠고 아직 일어날 시각이 아니었다. 긴 하루가 기다리고 있었으므로 잠 속으로 돌아가려 기를 썼다. 몽롱하게 잠으로 빨려 들어가다 번번이 잠의 표면에서 튕겨 나왔다. 그러다가 퍼뜩 돈 봉투가 떠올랐고, 일순간 정신이 말끔해졌다. 그것은 잠결에 스쳐 지나가는 수만 가지 생각과 달리 머릿속에서 한자리를 차지하고 몸을 부풀렸다. 검정 코트에까지 생각이 닿자, 얼굴이 달아오르기 시작하더니 온몸이 후끈해졌다. 명희는 더 이상 누워 있을 수 없어 침대를 빠져나와 안방에 딸린 옷방으로 들어갔다.

검정 코트에 손을 집어넣었지만 호주머니는 텅 비어 있었다. 명희는 당황해서 코트를 두 손으로 주물럭거렸다. 부드러운 알파카의 감촉이 손끝에 닿았다. 그 옆에 걸린 베이지

색 바바리코트의 주머니를 뒤졌다. 잉크가 날아가 글씨를 알아볼 수 없는 오래된 영수증 하나가 나왔다. 명희는 옷걸이에 걸린 옷의 호주머니를 차례차례 뒤지다 두 손으로 납작하게 훑어 내리기를 수십 번 반복했다.

서랍장은 아예 뒤집어엎었다. 결혼 후에는 한 번도 입지 않았던 한복 박스까지 털어보다가, 포기하고 침대로 돌아와 누웠다. 이불을 덮고 반듯하게 누워 잠을 청하다보면 다른 장소가 떠올랐다. 그곳이 아닐까 하는 추측이 점차 그곳이 틀림없다는 확신으로 바뀌었다. 명희는 다시 벌떡 일어났다. 의자 위에 올라가 붙박이장의 맨 위 칸에 둔 습작 원고 박스를 들어냈다. 원고는 이민 올 때 담아 왔던 라면 상자 그대로였다. 젊은 시절 지리멸렬했던 시간을 피해 숨어들곤 했던 원고 뭉치들. 명희는 거기 돈 봉투가 있을 리 없다는 것을 알면서도 마지막 원고 뭉치까지 하나하나 털어보았다. 오랜만에 바깥 공기를 쏘이는 원고 뭉치는 먼지가 풀풀 날렸다. 속옷 서랍장과 화장실의 서랍과 약통까지 뒤집어엎자 방 안은 순식간에 난장판이 되었다. 꺼낸 옷을 다시 접어 넣고, 나머지 물건들을 대강 정리하고 나니 날이 훤히 밝아왔다.

돈 봉투는 어떤 맥락도 이유도 없이 우연히 사고처럼 떠오른 것이지만 집요한 구석이 있었다. 출근길에도 온통 그 생각뿐이었다. 지하철 속에서도 나이프 박스를 가슴에 안고 앉아 돈 봉투 생각을 하느라 내려야 할 정거장을 지나버렸다. 명희는 무거운 나이프 박스를 메고 땀을 뻘뻘 흘리며 한참을 걸어야 했다. 걸음을 옮길 때마다 나이프 박스 속에 든 요리 도구들이 서로 부딪히는 소리가 났다. 호텔에 도착해 옷을 갈아입으면서 비로소 부엌 찬장이 떠올랐다. 비상금이나 초콜릿을 넣어두던 찬장 속 투명 플라스틱 통. 요즘은 별로 쓸 일이 없는 주소록 사이에 돈 봉투를 끼워둔 기억이 너무도 선명했다. 그제야 짓눌린 마음이 조금 가벼워졌다.

"하이, 미엉이! 하우 아 유?"

모니카는 호들갑을 떨며 다가와 명희를 껴안았다. 모니카는 우크라이나의 모델 출신답게 키가 컸다. 명희의 얼굴이 모니카의 탄력 있는 가슴에 물컹하게 닿았다. 모니카의 다정한 포옹은 특별한 이유가 없었지만 명희의 볼이 살짝 붉어졌다. 모니카는 만나는 사람마다 껴안고 볼에 키스를 해댔다. 명희는 태생적으로 신체 접촉이 편치 않은 사람이라 몸을 떼어내며 어깨를 살짝 움츠렸다.

"레셋 감자를 서른 개만 가지고 와. 매시드 포테이토 만들어야 해. 지난번 건 너무 뻑뻑해서 손님들 컴플레인이 대단했어. 주문 들어올 때마다 매번 크림을 부어 다시 만들어내야 했거든."

모니카는 손에 들고 있던 소설책을 그녀의 빨간 철제 나이프 박스 속에 넣고 칼과 거품기를 꺼내며 말했다. 다정했던 모니카의 얼굴은 어느새 무뚝뚝하게 변했다. 순식간에 다정과 무뚝뚝을 오가는 모니카가 명희는 매번 혼란스러웠다. 평소 명희는 다정에도 무뚝뚝에도 잘 치우치지 않는 종류의 사람이었지만, 지금 이곳에서 그녀는 달랐다. 어린아이처럼 쉽게 주눅이 들고, 놀랍도록 단순하게 감동했다. 그렇게 롤러코스터를 타는 감정으로 하루를 보내고 집으로 돌아가는 길이면, 명희는 평소 자신이라 믿었던 모습과 너무 달랐던 호텔 주방에서의 시간을 되짚어보며 또 한 번 얼굴을 붉혔다.

"이번에는 잘해볼게."

명희는 입꼬리를 양쪽으로 힘껏 밀어 올리며 웃어 보였다. 죽을 땐 죽더라도 웃는 모습으로 죽어야 한다고 명희의 요리 선생 셰프 폴은 말했다. 찡그리지 마. 그럼 지는 거야. 셰프 폴은 화이트보드에 "Don't forget to smile!"이라고 쓰고 손가락으로 글자를 두드렸다. 실습을 앞둔 마지막 수업 시간이었다. 명희는 고사상의 웃는 돼지머리가 떠올라 잠시 실소를 머금었지만 실습을 앞둔 학생들의 표정은 비장했다. 실습은 취업의 첫 관문이었기에 학생들은 긴장했고 명희는 자식뻘인 그 아이들을 안쓰럽게 바라보았다.

요리학교 열여섯 명 학생 중 명희가 제일 나이가 많았다. 사십대 초반의 이태리 남자를 제외하면 모두 아들 또래의 청년들이었지만 명희는 별로 걱정하지 않았다. 요리라면 중학교 때부터 이골이 나게 해왔던 일이고 명희가 좋아하는 일이기도 했다. 이민을 온 후에는 된장, 고추장도 직접 만들었다. 새우젓이며 도토리묵이며 두부까지 제 손으로 만들어 식구들을 먹였다. 지인들을 불러 식사를 대접하는 것은 명희의 취미이자 자부심이었다. 이국에서 먹기 힘든 음식도 척척 해냈다. 명희는 홍어를 삭혀서 삼합을 만들거나, 문어와 전복을 넣은 궁중식 갈비찜을 만들어 초대받은 사람들의 입을 떡 벌어지게 했다. 사람들은 명희의 요리에 감탄하며, "와, 식당을 차리셔도 되겠는 걸요. 이런 걸 사 먹을 수 있으면 정말 좋을 것 같아요. 여긴 제대로 된 한국 식당이 없잖아요"라고 말하곤 했다. 그런 칭찬에 명희는 더 신이 나서 음식을 만들어대곤 했다.

10개월 요리학교의 마지막 과정은 한 달간의 현장 실습이었다. 많은 학생들이 실습에서 나가떨어진다고 입학 상담 때 카운슬러는 겁을 주었다. 명희는 취업에 대한 압박이 없었으므로 서양 요리 구경이나 하다가 힘들면 언제라도 그만두면 될 일이라고 마음 편히 생각했다. 그런 식의 생각은 시작 전에는 얼마간 실패에 대한 부담감을 덜어주었으나 막상 힘든 순간이 왔을 때는 별 도움이 되지 않았다. 위기는 예상외로 빨리 닥쳤다. 학교 초기였다. 미네스트로네 수프가 가득 든 솥을 바닥에서 가스레인지 위로 들어 올리다가 허리를 삐끗한 것이었다. 허리를 펼 수도 없었고, 편 허리를 접을 수도 없었다. 물기가 질척한 요리학교 실습실 바닥에 꼼짝없이 드러누웠다. 연락을 받고 남편이 달려왔다. 한인타운에서 침을 맞고 돌아오는 차 안에서 명희는 엉엉 소리 내어 울었다. 다 때려치우고 싶어. 때려치울 거야. 명희는 크리넥스로 눈물, 콧물을 닦아내며 말했다. 명희의 그런 모습을 처음 본 남편은 놀라 눈이 휘둥그레졌다. 명희도 자신의 모습이 놀랍긴 마찬가지였다.

허리는 요리학교 내내 그녀를 괴롭혔지만 명희는 그만둘 수 없었다. 그만둬지지 않았다. 명희는 진통제를 먹고 복대로 허리를 졸라맨 채 수업에 들어갔다. 찡그리지 않으려 애를 썼으나 종종 앉았다 일어서며 늙은이 같은 신음 소리를 냈다. 그때마다 명희를 도와준 건 삼손이었다. 삼손은 무거운 걸 들어주고, 닭보다 열 배나 큰 칠면조를 씻어 키친타월로 꼼꼼히 닦아내주었다. 쓰레기 당번도 자처했다. 셰프 모르게 검고 긴 손가락으로 레몬을 쭉 짜고 꿀을 타 명희에게 내밀기도 했다.

"맘, 이거 마셔요. 이거 마시면 피곤이 싹 풀릴 거야."

명희는 흑인의 손가락을 그리 가까이서 본 적이 없었다. 삼손의 손에는 상처가 끊일 날이 없었다. 어떤 날에는 팔목의 살이 다 드러날 정도로 화상을 입기도 했다. 삼손은 학교를 마치면 아프리카 음식점에서 파트타임으로 주방 보조 일을 했다. 잘게 다진 고기를 꼬치에 둥글게 빚어 끼운 케밥을 바비큐 그릴에 굽는다고 했다. 팔목에 난 상처는 졸다가 팔이 불에 툭 떨어지는 바람에 생긴 것이었다. 검은 피부가 일어난 그곳에는 희고 붉은 살이 드러났다.

"에리트레아?"

처음 듣는 나라였다. 삼손이 휴대폰으로 찾아낸 지도를 손가락으로 벌려 에티오피아 옆에 붙은 콩알만 한 나라를 보여주었다. 에티오피아에서 독립한 지가 그리 오래되지 않았다고 했다. 명희는 소리 내어 에리트레아를 발음해보았다. 베리 굿, 맘. 베리 굿. 삼손은 엄지를 치켜들며 좋아했다. 삼손은 독립된 나라에서 육 년의 군 복무를 해야 했고, 그것을 견디지 못해 이스라엘을 거쳐 난민으로 캐나다에 들어왔다고 했다. 그사이 복잡한 사정을 설명하긴 했지만 삼손이나 명희나 깊은 속을 주고받을 정도의 영어 실력은 아니었다.

삼손은 둥글고 긴 나이프 샤프너와 명희의 칼을 양손에 쥐고 칼싸움하듯 찰랑찰랑 서로 부딪히며 칼을 갈았다. 삼손은 명희에게 칼을 돌려주며, 애니웨이, 아이 엠 쏘 럭키, 라고 말했다. 정부보조금으로 학교에 입학한 걸 두고 하는 말인 듯했다. 명희는 칼을 받아 당근 한쪽을 잘라보며 고개를 끄덕였다. 칼은 금세 날이 서 있었다.

삼손은 고향의 엄마가 생각난다며 명희를 맘이라고 불렀다. 다른 아이들도 삼손을 따라 명희를 맘이라고 불렀다. 가끔 대마초나 펜타닐에 취해 학교에 나타나지 않는 존을 제외하면 요리학교의 분위기는 나쁘지 않았다. 명희는 삼손의 힘을 빌려 학교생활을 그럭저럭 해냈지만 자신의 아들과 딸이 삼손처럼 살지 않아도 되는 것에 때때로 안도했다. 부두 하역 작업을 하다가 레스토랑의 셰프에게 발탁되어 요리를 배웠던 일이나, 군대에서 탈영을 하며 캐나다로 들어오기 전에 일곱 개의 나라를 거쳤다는 삼손의 이야기는 소설로 쓰고 싶을 만큼 욕심이 났다. 그 때문에 삼손을 집으로 초대해 밥이라도 해주며 더 자세히 취재를 해볼까 생각했지만 그가 너무 깊이 자신의 삶 속으로 들어오는 것은 어쩐지 달갑지 않았다. 대신 명희는 실습 나가기 전 삼손에게 꽤 값나가는 일본산 요리칼을 선물하며, 최고의 요리사가 되어줄 거지, 너의 멋진 요리를 기다릴게, 라고 말했다. 그것은 진심이었지만 왠지 다시는 그를 만나지 못할 것 같은 예감이 들기도 했다.

"뜨거울 때 껍질을 빨리 벗겨야 해. 그래야 버터가 잘 녹을 거 아냐."

어느새 곁에 다가온 모니카가 명희를 재촉했다. 오븐에 구운 감자의 껍질을 벗기고, 벗긴 감자를 체에 내렸다. 그 과정을 거치며 부드러워진 감자에 미리 데워둔 크림과 차가운 버터를 섞었다.

"더 넣어. 호텔 음식이 왜 특별한 줄 알아? 바로 버터야 버터."

모니카는 은박지에 쌓인 버터 덩어리를 들어 보이며 말했다. 차가운 버터는 딱딱했는데 미끄러웠고, 미끄러웠지만 칼에 달라붙어 썰기가 쉽지 않았다. 명희는 버터가 녹아 감자에

스미는 동안 모니카가 건넨 커다란 거품기로 그것을 천천히 저어갔다. 크림과 버터가 섞여 걸쭉해진 감자는 늪처럼 무겁고 버거웠다. 명희는 인도차이나 반도의 메콩강과 열대우림의 푸르고 깊은 숲과 강에 떠다니는 물안개를 떠올렸다. 작은 배를 타고 강을 거슬러 올라가 뜨거운 쌀국수를 훌훌 불어 먹는 오래된 상상을 했다. 달콤한 상상 속에서 감자는 조금 가벼워졌지만 곧 회한이 몰려들었다. 명희는 거기에 가 있어야 옳았다. 명희가 돌이킬 수 없는 지난 선택들을 되새김질하는 동안 감자는 소프트 아이스크림처럼 부드러워졌다. 손가락으로 매시드 포테이토를 듬뿍 찍어 입속에 넣었다. 명희의 호주머니에는 음식을 맛보는 용도의 숟가락이 꽂혀 있었지만 그건 늘 너무 늦게 생각이 났다. 명희는 완성된 매시드 포테이토를 모니카에게 가지고 갔다.

"어머, 그래? 우리 아버지도 어마어마한 알코올중독이었어. 내 언젠가는 꼭 그걸 소설로 써볼 테야."

모니카는 매튜가 튀기고 있는 나초를 집어먹으며 수다를 떨다가 명희가 다가가자 돌아보았다. 명희는 매시드 포테이토를 조리대에 올리고 모니카의 반응을 살폈다. 지나치게 버터가 많이 들어간 매시드 포테이토는 명희 입에 잘 맞지 않았지만 모니카는 흡족한 듯 고개를 끄덕였다.

요리 실습생은 소속이 따로 없어 업무가 애매했다. 주방 멤버들 누구나 실습생에게 일을 시킬 수 있었고, 누가 어떤 일을 시키든 실습생은 군소리 없이 해내야 했다. 당근 삼백 개의 껍질을 벗기는 일은 손이 보이지 않게 빨리 해도 두 시간은 걸렸다. 두 시간 동안 똑같은 근육을 사용해서 똑같은 각도로 필러를 움직였다. 근육이 단련되지 않은 손가락은 쥐가 나서 저절로 휘어지고 뒤틀렸다. 명희는 끙끙 앓는 소리를 내며 왼손으로 오른손의 손가락을 하나하나 폈다. 스태프들은 그런 명희를 보고 어깨를 으쓱하며 웃었다. 때론 농담도 했다.

"와, 명희 좀 봐. 너무 허약한 거 아냐? 투 배드, 소 새드(Too bad, so sad)!"

그들이 굴욕감을 주려 한 것은 아니었겠으나 명희는 기분이 좋지 않았고, 기분이 상했지만 그들을 따라 웃었다. 그나마 명희가 드물게 존재감을 가지는 순간이었다. 명희는 감당 못할 만큼 일이 많아 쩔쩔매다가, 어느 순간 누구도 그녀에게 일을 주지 않아 모두들 바삐 움직이는 주방 한쪽에 혼자 멍하니 서 있었다. 그럴 때 명희는 호의도 악의도 없는 사람들 사이에서 투명인간이 된 것 같았고, 자신의 전 생애를 부정당하는 듯한 과장된 모멸감에 몸을 떨었다. 얼마 지나지 않아 그게 그럴 일이 아니라는 것을 깨달았지만 그런 식의 깨달음은 마음을 진정시키기는커녕 스스로를 더 깊은 혐오로 끌고 들어갔다.

백 키친이라고도 불리는 메인 키친에서는 레스토랑에 딸린 오픈 키친에 나갈 재료를 준비했다. 라인쿡(line cook)들은 재료를 준조리에 가까운 형태로 준비해서 카트에 싣고 오픈 키친으로 갔다. 정해진 라인에 다용도 카트를 배치했다. 카트는 선반이자 조리대이자 냉장고의 기능을 했다. 오픈 키친은 고기와 생선, 야채, 햄버거, 튀김처럼 각자의 라인을 담당하는 요리사 한 명씩과 요리의 원활한 흐름을 돕는 수 셰프(sous chef)가 들어가면 가득 찼다. 그들은 미리 합을 맞춘 듯 서로를 방해하지 않는 예정된 동선 속에서 빠르고 힘 있게 움직였다. 명희처럼 어설픈 실습생이 끼어들 틈이 없었다. 명희는 레스토랑 손님이 자신을 보지 못하게 입구 오른편 냉장고 옆 어두운 공간에 몸을 바짝 붙이고 서서 젊고 아름다운 셰프들이 자신에게 배당된 요리를 작은 소리로 복창하며 무거운 무쇠팬을 가볍게 들었다 내렸다 하는 것을 보았다. 그들은 스테이크와 연어를 느긋하게 구워내고, 색이 고운 야채를 곁들여 플레이팅을 했다. 작은 종을 쳐서 요리가 완성된 것을 서빙하는 이들에게 알렸다.

보사노바가 흐르는 홀에서 슈트 차림의 비즈니스맨과 비싼 스카프로 멋을 낸 지적이고 세련된 여자들이 탄수화물이 없는 식사를 하며 와인 잔을 천천히 돌리다가 낮은 소리로 담소를 나누는 모습을 힐끗힐끗 훔쳐보기도 했다. 명희는 호텔과 두 블록 떨어진 빌딩에서 회계사로 일하는 아들을 손님들 사이에서 찾아보기도 했다. 그들 사이에서 아들을 발견할 가능성은 아주 낮았지만, 명희는 그런 행위를 통해 비참을 견뎌보려 했다. 고생해서 키운 아들의 성공한 모습을 보며 현실의 고통을 보상받고자 한 것은 아니었다. 명희는 어떡하든 무능력하고 무기력한 지금의 상태에서 조금이라도 벗어나고 싶었다. 지나온 생이 헛된 것이 아니라, 뭔가를 해왔던 시절이라는 것을 기억하는 것이 그 순간에는 절실했다.

백 키친에서는 뱅큇(banquet: 연회) 음식을 만들기도 했다. 파티는 매일매일 열렸다. 회사 컨퍼런스, 자선 모임, 각종 후원회, 동창회, 가족 모임. 한쪽에서는 결혼식이, 다른 홀에서는 장례식의 일종인 셀러브레이션 오브 라이프(celebration of life)가 열리기도 했다. 수도 없는 이유로 수많은 모임에서 수많은 종류의 뱅큇을 열었다. 모임의 성격에 따라 준비하는 음식도 달랐다. 하루 종일 천 개가 넘는 샌드위치를 만들 때도 있었다. 테이블 하나 가득 넛츠와 포도와 콜드미트와 치즈로 거대한 치즈 플레이트를 만들기도 했다. 격식을 갖춘 코스 요리가 나갈 때는 오백 명분의 스테이크를 미리 준비해서 온장고에 넣어두고, 시간이 되면 조립하듯 접시에 담았다. 네 명이 한 조가 되어 야채 두 종류와 고기와 감자 요리를 한 접시에 담으면 줄줄이 서서 대기하던 웨이터와 웨이트리스가 한쪽 어깨에 쟁반을 올리고 뱅큇 룸으로 가지고 나갔다. 처음 접시를 받은 사람과 마지막 접시를 받는 사람의 시간차가 십 분을 넘으면 그 뱅큇은 망한 거라고 셰프는 스태프들을 재촉

했다.

"같은 시간에 다 함께 식사를 할 수 없는 파티라니! 끔찍하지."

셰프는 정말 끔찍한 것이 떠오르기라도 한 듯 고개를 절레절레 흔들었다. 명희는 그 음식을 직접 만들어보진 못했지만 접시에 담는 일은 딱 한 번 해본 적이 있었다. 대부분의 시간 동안 명희는 뱅킷에 쓰이는 감자나 훈제된 고기 덩어리를 얇게 슬라이스해서 통에 담거나, 치즈를 강판에 가는 일을 했다. 어떤 날은 여덟 시간 동안 과일만 깎은 적도 있었다. 그것은 요리라고 할 것도 없는 단순한 노동이었고, 그런 단순하고 반복적인 행위 사이로 징글징글한 자의식이 고개를 쳐들었다. 요리학교가 새롭고 신선한 선택이라고 스스로 감탄해 마지않았지만 실은 이것도 저것도 할 수 없어 도망치듯 선택한 비겁한 출구가 아니었을까. 어디서부터 무엇이 잘못되어 자신이 이런 호텔의 주방 구석에서 고문관 취급을 받고 있는지 되풀이해서 생각하며 스스로를 괴롭혔다.

아이들이 모두 대학으로 떠난 후 명희는 텅 빈 집에서 글을 쓰며 하루하루를 보냈다. 일주일에 육십 시간씩 캐셔 일을 맡아왔던 남편의 바틀 디포(bottle depot: 주로 빈병과 캔 등을 사들이는 재활용품 고물상)로도 더는 나가지 않았다. 오래 그 시간을 기다려왔고 실제로 그런 시간이 그녀에게 왔을 때, 명희는 이미 꿈이 완성된 듯 흐뭇했다. 이민을 온 지 이십 년이 지났고 얼떨결에 등단을 한 건 삼십 년이 되었다. 하지만 자족의 시간은 길지 않았다. 책은 머릿속으로 들어오지 않았고 쓰는 것은 처음보다 더 막막하고 고통스러웠다.

명희는 하루 종일 노트북을 펼쳐놓고 깜빡이는 커서를 바라보다가, 먹을 사람도 없는 빵을 두 번 발효를 해서 구웠다. 어떤 날은 노트북 앞으로 돌아가는 것이 두려워 몇 시간 동안 기름을 걷어내며 지나치게 정성을 들여 곰국을 끓이거나 뒤뜰에 나가 해가 기울 때까지 잡초를 뽑곤 했다. 그렇게 명희는 자신의 오랜 열망으로부터 도망을 다녔다. 햇볕도 없고 바람도 없이 처박혔던 낡은 욕망이 저절로 파릇파릇 살아 있을 리가 없지. 명희는 뒷마당에 엎드려 상한 꽃잎을 따내며 자조적인 생각에 빠졌다. 언젠가는 제대로 된 글을 쓸 수 있으리라는 자기최면은 현실의 고달픔으로부터 도피했던 골방에서의 달콤한 자위였을 뿐이었다. 실제로 그녀는 욕망을 실현하기 위해 노력한 바가 없었다. 핑계는 도처에 널렸다. 이국에서 맨몸으로 두 아이를 키우며 살아내는 일이 만만치 않았고, 너무 오래 고국을 떠나 있었고, 모국어는 그사이에도 무수히 변했다. 명희는 고국의 현실에서 너무 멀리 와 있었다. 너무 많은 말을 잊었고 잃었다. 이런 상태에서 글을 쓴다는 것이 가능하기는 할까. 더 이상 도망도 여의치 않았던 명희는 새삼 자신의 열망을 의심했다. 그러다가 치앙마이로 가서 방을 얻어 글을 써보려고 수년간 모았던 돈을 다 쏟아부어가며 덜컥 요리학교에 등록을 했다.

"헤이, 명희, 랍스터 죽여봤어?"

매튜가 손으로 자신의 목을 찍 긋는 시늉을 했다. 명희는 설거지를 하다가 화장실로 뛰어가는 중이었다. 조금 전부터 밑으로 뭔가 자꾸 흘러나와 팬티가 축축해졌다.

"랍스터 죽이는 거 엄청 재밌어. 컴 온. 이리 와봐."

명희는 아랫도리에 힘을 주었다. 매튜는 살아서 버둥거리는 랍스터를 들어 올렸다. 랍스터는 붉고 굵은 고무줄에 집게발이 단단히 묶인 채로 온몸을 비틀었다.

"잠깐만. 잠깐만."

명희는 화장실로 뛰어가 바지를 내렸다. 변기 옆 철제 바구니에는 객실에서 사용하다 남은 동강이 휴지가 탑으로 쌓여 있었다. 객실 청소 담당들이 긁어모아둔 것이었다. 명희는 휴지를 풀어 밑을 닦아냈다. 휴지에 붉은 피가 선명하게 묻어났다. 생리는 몇 달 전에 끊겼지만 출혈은 간간히 있었다. 명희는 쓰고 남은 휴지를 바구니 속에 도로 던져 넣으며 크게 숨을 내뱉었다. 입을 삐쭉 내밀고, 도무지 전망이 없는 존재를 대하듯 고개를 절레절레 흔드는 매튜 표정이 떠올랐다. 오늘 명희는 커다란 벌레처럼 꿈틀거리는 랍스터를 피할 수 없을 것 같았다.

매튜는 시범을 보여주겠다며 랍스터의 머리와 꼬리를 비

틀어 분리하고, 두 개의 집게발을 떼어내어 큰 발과 작은 발을 따로 대야에 담았다. 매튜의 손아귀에서 랍스터는 수수깡처럼 맥없이 부서졌다. 챠르르, 탁, 탁. 그의 손놀림에는 절도가 있었고 소리는 경쾌했다. 박스에는 동부 바다에서 오천 킬로미터를 날아온 백여 마리의 랍스터가 산을 이루며 버둥거렸다.

"캔 유?"

매튜는 곤란해하는 명희의 표정을 외면했다.

"오, 오케이."

명희는 랍스터를 죽일 자신이 없었지만 그것을 받아 들었다. 명희의 손에서 랍스터의 껍질이 딱딱하게 곤두섰다. 이쯤에서 랍스터를 죽여보기는커녕 살아 있는 랍스터도 만져본 적 없다는 걸 고백해야 할까. 더는 안 되겠다고 유니폼을 벗어던지고 호텔 밖으로 걸어 나가는 상상을 했다. 하지만 그것은 어디까지나 수백 번 되풀이했던 머릿속의 일일 뿐이었다. 그녀는 눈을 질끈 감고 머리와 꼬리를 반대 방향으로 힘껏 비틀었다. 머리와 꼬리는 비비 꼬일 뿐 분리되지 않았다. 랍스터는 살이 반쯤 떨어져나간 채로 집게발을 맹렬히 움직였다. 엄마야! 명희는 한국말로 소리치며 랍스터를 바닥에 내팽개쳤다. 지켜보던 벤자민도 크리스도 깔깔 웃었다. 왓 더 퍽! 매튜가 소리를 질렀다. 다른 스태프들도 모여들었다. 명희를 둘러싼 스태프들은 명희가 알아들을 수 없는 농담을 주고받으며 또 한바탕 왁자하게 웃었다.

"오, 명희! 얼굴 좀 봐. 유 아 쏘 레드. 아 유 오케이?"

요즘 들어 시도 때도 없이 붉어지는 얼굴이 원망스러웠다. 마음이 상할 때도, 부끄러울 때도, 영문을 모를 때도 저 혼자 투명한 물고기처럼 속내를 드러냈다. 얼굴은 뜨거워졌고 화장이 섞인 땀이 눈 속으로 흘러들어갔다. 명희는 손등으로 눈가를 훔쳤다. 팬티 속에서 뜨듯하고 물컹한 것이 새어나와 다리를 타고 신발 속에 고였다. 아랫도리를 조여보았지만 소용이 없었다. 생리가 다시 시작되기라도 한 것일까. 명희는 랍스터를 두고 돌아섰다. 돈 크라이! 매튜가 명희의 등 뒤에서 소리쳤다.

집에 돌아오자마자 명희는 옷도 벗지 않고 찬장의 투명 플라스틱 통을 꺼냈다. 통 속에는 오래된 누비 지갑과 녹아 눌어붙은 생강캔디가 전부였다. 주소록도 돈 봉투도 없었다. 명희는 마음이 조급해졌다. 꼭 찾고 싶다는 마음이 어찌나 간절한지 몇 년을 의식조차 못하고 살았다는 게 믿기지 않을 지경이었다. 오랫동안 꺼낸 적이 없는 그릇들을 아일랜드 식탁 위에 내어놓고 의자 위로 올라가 손이 닿지 않는 찬장 깊숙이 들여다봤다. 친구가 보내준 지리산 국화차, 둘째가 사다 준 향수, 고흐 그림이 그려진 앞치마 두 개, 일본 밥공기를 찾아냈다. 까맣게 잊고 있었거나, 아무리 찾아도 없어 포기했던 것들이었다. 이미 버려서 없다고 생각했던 촌스러운 빨간 찻잔은 아직도 찬장 모서리에서 건재했다. 하지만 돈 봉투는 끝내 없었다.

몇 년 전 한국에 갔을 때, 팔순 노모는 돈뭉치를 고무 밴드로 똘똘 말아 명희의 호주머니에 찔러주었다. 채소 장사는 이제 제발 그만하라고 아무리 말려도 황소고집이더니, 땡볕에 엎드려 농사를 짓고 그걸 이고 지고 시장에 내다 팔았다. 그렇게 만든 돈을 굳이 명희에게 주었다. 뿌리쳐도 막무가내였다. 자랄 때 용돈 한번 제대로 못 주고 키운 게 마음에 걸리더라는 말은 참회인지 고백인지 모르겠지만 명희가 듣고 싶은 말과는 거리가 있었다. 어머니는 그렇게라도 해묵은 회한을 풀고 싶었겠으나, 명희를 모든 것을 잊은 사람 취급해서는 안 되는 일이었다.

어느 날 갑자기 어머니가 집을 나가버렸을 때, 집안에는 오빠 둘과 남동생, 명희와 아버지가 남았다. 얼마 후 명희는 첫 생리를 했다. 약국에 들어가 생리대 달라는 말을 못해 울어버린 기억이 오래 남았다. 하지만 그뿐이었다. 중고등학교를 엄마 없이 다니며 식구들의 밥을 혼자 도맡아 했지만 특별히 엄마를 원망하거나 그리워했던 기억은 없었다. 다만 그 시절은 물에 젖은 노트처럼 흐리고 사라진 채 부풀어 올라 있었을 뿐. 대학에 들어가고 얼마 후 엄마는 집으로 돌아왔고 명희는 집을 나왔다. 집으로 돌아온 엄마는 그다지 미안해하는 기색도 없이 쌀을 씻어 밥을 하고 배추를 절여 김치를 담갔다. 마치 친정에서 며칠 제사라도 지내고 온 것처럼 천연덕스러웠다. 더 이상했던 것은 다른 가족들이었다. 오빠들도 동생도, 심지어 아버지까지도 엄마의 부재를 없었던 일인 것처럼 능청맞게 굴었다. 명희는 가끔 엄마가 왜 집을 나갔는지 궁금했지만 누구와도 그 이야기를 나눌 수 없었다. 그 이야기가 환영받지 못할 거라는 걸 명희는 온몸으로 느끼고 있었고, 어렴풋이 짐작하는 것들을 새삼 확인하는 일이 두렵기도 했다. 명희는 어머니를 알지 못한 채로 멀어졌다. 멀어진 채로 오랜 세월이 지났다.

이민을 올 때조차 눈도 깜짝 않던 어머니가 뭔가를 자꾸 보내기 시작한 것은 삼 년 전부터였다. 비싼 해외 배송비를 물며 멸치 액젓을 보냈고, 어느 해에는 인견 이불을 꾸며 보내더니, 장날에 산 싸구려 내복, 곶감이나 말린 생선을 보내주기도 했다. 어머니의 뒤늦은 친절은 불편했다. 그것은 어머니의 '부재의 한때'를 부주의하게 상기시켰다. 환멸과 죄의식, 고백과 반성, 사랑과 용서, 육친의 정. 어머니가 기대했던 것이 무엇이든 명희는 그것에 가 닿을 수 없었다. 그건 그리 쉽게 건드릴 게 아니었다. 명희는 소포들을 방치함으로써 원망을 대신했다. 어머니의 택배 상자를 창고에 던져두고 상하기를 기다렸다가 버렸다. 종종 상하지 않는 것은 골칫거리였지만 명희는 적당한 때를 기다렸다. 그것들은 비록 방치되어 있었으나 뚜껑만 열지 않는다면 무해할 것처럼 보이기도 했으니까.

실습 마지막 날, 명희는 목수의 연장통을 닮은 나이프 박스를 어깨에 메고 지하철역을 빠져나왔다. 집을 나설 때만 해도 화창했는데 호텔에 도착할 즈음에는 때아닌 눈발이 휘날렸다. 바람이 불어와 막 피기 시작한 벚꽃이 눈과 함께 흩날렸다. 명희는 화려한 호텔 거리를 지나, 누구 하나 죽어 나가도 모를 것 같은 빌딩 사이 어두운 골목으로 들어갔다. 골목의 중간쯤에 대형 쓰레기 컨테이너가 세 개 있었고 그 옆으로 모르는 사람은 찾기 힘든 쪽문이 있었다. 79#. 명희는 문 옆에 달린 키패드에 이제는 익숙해진 숫자를 눌렀다. 지하철에서 내리면 대형 쇼핑센터 입구에 호텔로 통하는 문이 있었지만 직원들은 그곳으로 출입할 수 없었다. 대로에 면한 화려한 정문도 직원을 위한 출입구는 아니었다.

"직원들은 반드시 여기로만 다녀야 해."

첫날 출근을 했을 때, 수 셰프는 호텔 밖 철문으로 명희를 데리고 갔다. 명희는 처음 입어보는 하얀 요리사 유니폼이 어색해 어깨를 움츠리고 셰프를 따라 큰길로 나갔다. 직원과 손님의 출입구가 다르다는 걸 명희는 그날 처음 알았다. 키패드에 번호를 입력하고 철문을 열자 한 사람이 겨우 올라갈 수 있는 좁고 가파른 계단이 끝도 없이 돌돌 말려 있었다. 계단을 오르면 복도를 따라 여러 개의 방이 있었다. 콘퍼런스 룸과 레스토랑, 뱅큇 홀 사이 억지로 만들어진 미로 같은 공간에 유니폼 수선소, 세탁소, 직원용 휴게실과 그릇 보관소, 남녀 탈의실 등이 숨어 있었다. 굳이 호텔의 다른 시설과 비교하지 않더라도 창문 하나 없는 그곳은 지하 벙커에 가까웠다. 명희는 그 회색의 공간이 낯설고 이상해서 다시는 현실로 돌아가지 못할 것 같은 암담한 기분이 들었다. 복도에서는 객실 청소를 하는 직원들이 타월과 샴푸와 볼펜 등이 실린 카트를 세워두고 벽에 기대앉아 표정 없는 얼굴로 간식을 먹었다. 그 사이로 막 출근해 유니폼으로 갈아입은 프런트 데스크 직원들이 벽과 구분되지 않는 문을 밀고 호텔의 저편 화려한 조명 아래로 걸어 나갔다. 어리둥절한 명희와는 달리 모두가 물 흐르듯 자연스럽게 자신의 일을 하는 것이 영화처럼 비현실적으로 느껴졌다.

"명희, 오늘이 마지막 날이지? 내가 오늘 만들 건 치즈를 넣지 않은 해물 리조토야."

매튜는 한 바구니의 홍합을 명희 앞으로 밀었다.

"자, 껍질 다듬고 입에 물고 있는 섬유질을 쭉 잡아당겨. 타임과 월계수 잎, 양파와 마늘을 넣고 데칠 거야. 레몬! 비린내를 제거하는 레몬도 꼭 넣어. 리조토가 완성되면 관자 두 개, 타이거 프라운 두 개, 조개 두 개를 가장자리에 딱 둘러 세워. 폼 나게 플레이팅을 해야지. 맛과 프리젠테이션 두 개가 다 중요해. 왜? 호텔이니까. 참, 리조토는 육수를 한꺼번에 부으면 안 되는 거 알지? 한쪽으로 육수를 데우면서, 그걸 조금씩, 조금씩 첨가해 끈기를 만드는 게 키포인트야. 듣고 있어?"

매튜는 요리 과정을 길게 설명하다가, 맥없이 듣고 있는 명희를 보며 소리를 높였다.

"명희, 들어봐! 우리 엄마는 세탁소, 식당, 청소부, 마트 직원, 안 해본 일이 없어. 혼자 나를 키웠거든. 내가 어릴 때 우리 엄마는 대마초에, 코카인도 엄청 했어. 그러다가 정신을 차리고, 나이 마흔에 다시 간호사 공부해서 지금 아동병원 간호사야. 월급도 많고, 연금도 많아. 명희! 듣고 있어? 너도 아직 늦지 않았어. 정신만 똑바로 차린다면 말이지. 꿈을 좇는 일에 너무 늦은 때란 없는 법이야."

매튜는 오늘따라 말이 길었다. 명희는 매튜의 장황한 인생 강의를 듣다 그의 푸른 눈을 똑바로 쳐다보았다. 매튜의 눈 속에 들어 있는 자신의 모습이 궁금했다. 매튜를 그렇게 똑바로 쳐다본 것은 처음이었다. 눈이 부딪히자 매튜는 시선을 거두고 숟가락으로 포토벨라 머시룸의 검은 속을 파냈다. 매튜의 얼굴이 발그레했다. 아까부터 매튜는 요리용 화이트 와인을 커피 텀블러에 담아 홀짝홀짝 마시고 있었다. 명희는 팔목부터 어깨까지 화려하게 그려진 매튜의 문신을 보다 뭔가 싱거운 기분이 들어 피식 웃었다. 매튜의 팔에 그려진 홍학과

허밍버드와 장미와 달리아가 잘 꾸며진 정원같이 뜻밖에 평화로웠다. 문신들을 가로지르는 여러 개의 선들은 오븐이나 프라이팬에 덴 자국일 것이었다. 명희는 팔을 뻗어 매튜의 문신을 만져보고 싶은 충동을 누르며 말했다.

"내가 만들어볼까? 리조토?"

명희는 한 번도 요리다운 요리를 해본 적이 없었다는 게 마음에 걸렸다. 오늘따라 말랑한 매튜의 말투에 용기도 생겼다.

"호텔 말아먹을 일 있어? 지속 가능하고 일률적인 맛! 상업 요리에서는 그게 중요해. 연습은 네 집에 가서 하고 이 버섯이나 그릴에 구워. 배지테리언 버거에 고기 대신 넣을 거야."

매튜는 명희가 다듬고 있던 홍합을 빼앗듯 낚아챘다. 그 바람에 명희의 손에 들렸던 칼이 그녀의 손에 스쳤다. 왼쪽 엄지손가락에서 피가 번져 나왔다. 명희는 매튜가 피를 보지 못하게 얼른 손가락을 입에 물고 빨며 달궈진 그릴에 버섯을 펼쳤다.

명희는 동그랗게 빚어 얼린 랍스터 케이크 반죽에 밀가루와 계란과 빵가루를 순서대로 묻히는 중이었다. 세 시간째였다. 그 일을 마치면 명희의 실습은 끝이 날 것이었다.

"나는 작가야. 글을 계속 써야지 뭐."

실습을 마치고 일할 곳은 잡았냐는 모니카의 물음에 그만 작가라고 말해버렸다. 명희의 앞날이 궁금해서 물은 것은 아니었을 것이다. 아직도 느리고 서툰 명희가 한심하다는 말을 하고 싶었을 것이다. 묘하게 비틀어서. 그런 모니카의 말은 늘 집으로 돌아오는 버스 속에서나, 잠들기 전에 다시 떠올랐다. 그렇다고 작가라니. 명희는 스스로를 작가라고 생각해본 적이 없었다. 모니카는 감탄사를 연발했고, 호들갑을 떨며 주변 스태프들에게 큰 소리로 말했다.

"오 마이 갓, 오 마이 가쉬! 명희가 작가래. 소설을 쓴대."

소설을 쓴 것이 언제 적인지 생각나지 않았다. 발표하지 못한 지 이십 년이 지난 것이 걸렸지만 명희는 수습할 생각이 없었다. 명희는 자신의 말이 불러온 뜻밖의 소란이 그리 싫지 않았다. 어쩐지 그 순간에는 작가라는 말이 그곳에서의 무능을 완벽하게 변명해주는 것 같았다.

"뭘 쓰고 있어? 책은 몇 권이나 나온 거야? 영어로 번역된 것도 있어?"

모니카의 질문이 이어졌다. 명희는 마치 계획이 있는 사람처럼 빙그레 웃으며 말을 아꼈다. 모니카에게 문학이 어떤 의미인지 이전부터 어렴풋이 눈치채고 있었다. 모니카의 나이프 박스에는 늘 한두 권의 소설책이 들어 있었다. 그건 명희도 마찬가지였다. 일을 시작하기 전 휴게실에서 혼자 뭔가를 읽거나 끼적이는 모니카를 자주 목격했다. 다른 스태프들에게 자신이 읽은 책을 가져다주기도 했다. 언젠가는 꼭 글을 써보고 싶다고 아련한 눈빛으로 동료 직원들에게 말하는 것도 들었다. 점심시간에 직원 휴게소의 둥근 탁자에 둘러앉아 모니카가 사람들에게 소설 이야기를 할 때면, 그녀의 파란 눈에서 명희는 낯익은 욕망을 읽었다. 명희가 좋아하는 책 이야기가 나오면 그들의 대화에 끼어들어 얼치기 요리 실습생으로 실추된 명예를 되찾고 싶은 마음이 이글거렸으나 누구도 명희의 의견을 궁금해하지 않았다. 너무 빨라 반쯤은 놓친 대화 속으로 치고 들어갈 수도 없었다. 입안에 돌던 말을 뱉기도 전에 주제는 옮겨졌다. 명희는 몇 개의 문장들을 영어로 만들어보다가, 고개를 처박고 묵묵히 샐러드 속 병아리콩을 집어먹다가 스스로 무안해져 슬그머니 자리에서 빠져나오곤 했다.

명희는 호주머니에서 펜을 꺼내 스티커에 품목과 날짜를 적어 랍스터 케이크 통에 붙이고, 그것을 냉동 창고에 넣었다. 실습생의 모든 임무는 끝났다. 명희는 주방의 스태프들에게 인사를 했다. 모니카가 명희를 껴안고 서운한 표정을 지으며 꼭 다시 보자고 했다. 매튜는 행운을 빈다고 말했다. 앞치마를 벗어 쥐고 이그제큐티브 셰프와의 면담을 위해 오피스로 갔다. 그는 명희에게 실습 증명서와 레퍼런스 페이퍼를 써주었지만 호텔에 남으라는 말은 하지 않았다. 예상했던 일이고 명희도 그럴 생각이 없었지만 실패한 기분이 드는 건 어쩔 수 없었다.

명희는 탈의실로 돌아와 주방 모자를 벗고 거울 앞에 섰다. 얼마 되지 않는 머리카락이 땀에 절어 납작하게 눌려 있었다. 머리카락 사이로 손가락을 넣어 두피를 휘저었다. 하루 종일 눌려 있던 머리카락은 짓밟힌 들풀같이 매가리가 없었다. 아무리 손가락을 흔들어대도 몇 개의 머리카락이 힘없이 떨어져 나올 뿐 머리 모양은 원상태로 돌아오지 않았다. 하는 수 없이 명희는 고무줄로 머리를 질끈 묶었다.

포기하지 않고 실습을 마쳤지만 성취감이나 뿌듯함은 없었다. 다들 멀쩡하게 해내는 일을 유독 자신만 눈물을 참는 아이처럼 울먹이며 견뎠다는 게 부끄러웠다. 부끄러움을 견디기 위해 이 일이 얼마나 힘겨웠는지를 떠올려보려 했지만 딱히 기억나는 것도 없었다. 실습 내내 이토록 완벽한 고립을 느껴본 적이 있었던가 싶었지만, 생각해보면 전 생애가 그랬던 것도 같았다. 명희는 왜 스스로 이곳으로 걸어 들어와 머리를 땅속에 처박고 이런 색다른 고립을 자처했는지 생각했다. 진짜 실패를 피하려고 의도적인 좌절을 선택한 것일지도 몰랐다. 어쩌면 그것을 안전한 실패라고 여긴 것인지도.

명희는 서둘러 유니폼을 벗었다. 펜과 스푼이 우두둑 바닥으로 떨어졌다. 재료 수납 때 날짜와 품목을 적는 빨강 파랑 유성펜. 펜은 셰프들의 필수품 중 하나였다. 펜을 주섬주섬 주워 요리 도구로 가득 채워진 나이프 박스에 던져 넣었다.

명희는 윗도리를 벗은 채 잠시 생각에 빠졌다가 다시 펜을 골라냈다. 반납할 행주 속에 펜을 넣고 둥글게 감쌌다. 세탁기 속에서 잉크를 풀어내며 둥둥 떠다닐 것을 상상하니 야릇한 기쁨이 몰려왔다. 행주 속에 든 펜을 하얀 유니폼 속으로 옮겼다. 사람들 눈에 띄지 않고 무사히 세탁기 속에 들어가 임무를 완수해주기를. 명희는 그것을 세탁물 수거함에 던져 넣었다. 그녀와 함께 실습을 나왔던 존은 펜이 유니폼에 딸려 들어가는 바람에 여섯 개나 잃어버렸다고 말했다. 그렇게 많은 펜을 세탁물에 섞어 넣어도 언제나 유니폼은 하얗게 씻겨 다림질되어 나오는 게 신기하지 않냐고 말했다.

명희는 좁고 긴 계단으로 내려가는 대신 벽 같은 문을 밀고 나왔다. 크리스털 샹들리에가 길게 늘어진 로비를 지났다. 에스컬레이터를 타고 내려가 호텔 정문으로 걸어 나갔다. 나이프 박스가 무거웠지만 힘껏 허리를 곧추세웠다. 발걸음을 뗄 때마다 나이프 박스 속의 요리 도구들이 철거덩철거덩 소리를 냈다. 스무 가지가 넘는 요리 도구 중 그녀가 사용한 것은 칼과 껍질 벗기는 필러뿐이었다. 명희는 빌어야 할 소원도 없이 여행객처럼 정문 앞 작은 분수에 동전 하나를 던져 넣고 천천히 호텔을 빠져나왔다.

첫번째 교차로에서 보행자 신호를 기다릴 때, 신호등 바로 뒤에 오래된 상수리나무가 연한 새잎을 매달고 오후의 햇살 아래 서 있는 것을 보았다. 그녀는 햇살을 피해 눈을 가늘게 뜨고 나무를 바라보았다. 그때 문득 오래 끼고 살았던 어떤 슬픔이 사라져버렸다는 것을 깨달았다. 낮잠에서 깨어나 이유 없이 서럽게 울던 시간. 온몸이 흠뻑 젖도록 추적추적 비를 맞고 걸어 다니곤 하던 시간. 늦은 오후까지 벗어나지 못했던 침대 위에서 차츰 작아져서 손톱만 한 점이 되곤 했던 시간. 편두통처럼 늘 머리 한쪽을 짓누르고 있던 통증이 말끔해진 것 같았다. 이 시간들이 한바탕 굿판 같았다. 그녀는 횡단보도에 서서 빙그레 웃었다. 지나가는 사람들이 그녀와 눈이 부딪히자 영문도 모른 채 마주 웃어주었다.

명희는 지하철역을 지나 내처 걸었다. 날은 완전히 갰고 바람이 알맞게 불었다. 호텔에서 콜 하버 쪽으로 서너 블록 내려오니 귀퉁이에 구세군 중고 물품 가게가 있었다. 명희는 쇼윈도 앞에 서서 청색 테두리가 흐려진 로열코펜하겐 찻잔 세트와 무늬가 고운 은수저를 바라보다가 가게 안으로 성큼성큼 걸어 들어갔다.

뒷문 입구 옆 중고 물건 기부 접수처에는 파란 직원용 조끼를 입은 중년의 인도 남자가 등을 돌리고 기부 받은 물건들을 분류하고 있었다. 명희는 데스크 위에 있는 작은 종을 쳤다. 남자가 명희에게 다가왔다. 뭘 도와드릴까요? 명희는 나이프 박스 속에 든 책을 꺼낸 후 박스를 남자에게 내밀었다. 나이프 박스예요. 남자는 명희를 힐끗 쳐다보고 땡큐, 라고 짧게 말했다. 남자는 나이프 박스를 다른 물건들 위에 아무렇게

나 던져놓고 하던 일로 돌아갔다. 명희는 옷가지와 그릇과 장난감과 겨울 부츠 사이에 묻힌 듯 던져진 나이프 박스를 두고 거리로 걸어 나왔다.

사슴이 숲으로

작업실을 찾아가는 길은 지영의 설명과는 거리가 멀었다. 큰길에서 벗어나면 금방이라던 작업실은 한 시간을 달려도 나타나지 않았다. 주유소를 끼고 돌면 보일 거라던 호수도 보이지 않았다. 대신 두껍게 내려앉은 안개가 숲을 짓누르고 있었다.

미루나무 군락지를 지나 내리막이 시작되는 지점에서 길이 갈라졌고 오른쪽으로 'Bagby'라고 적힌 나무 화살표가 땅에 박혀 있었다. 그 길 초입에 작업실이 있었다. 지붕이 높은 통나무 캐빈이었다. 널찍한 마당에는 풀이 제멋대로 자라나 엉켰고 그 위로 습기를 머금어 더 샛노래진 자작나무 단풍이 나뒹굴었다. 데크에는 빛바랜 의자 두 개가 숲을 향해 놓여 있었다. 의자 손잡이에 달린 간이 테이블에는 촛농이 흘러내려 굳어 있었다. 나는 데크를 밟고 올라섰다.

열쇠를 꽂으려다 말고 붉은색 현관문을 두드렸다. 온몸의 신경이 닫힌 문의 안쪽을 향해 곤두섰다. 이 년을 넘게 비워 둔 집이라고 지영이 말했지만 그사이 그곳에 어떤 일이 있었는지 지영이 알 리가 없었다. 지영은 이 년 전 딱 한 번 그곳에 와본 적이 있다고 했다. 난 가기 싫더라, 섬찟하고. 지영이 입을 삐쭉 내밀며 고개를 흔들었다. 나는 다시 한 번 문을 쾅쾅 두드렸다.

열쇠는 구멍에 빡빡하게 끼워졌다. 현관문을 열자 커피 잔과 담배꽁초 수북한 재떨이가 어슴푸레 보였다. 커튼이 모두 내려져 있어 실내는 어두웠다. 커튼을 열고 스위치를 올려 등을 켰다. 탁자 위로 솜뭉치 같은 먼지가 굴러다녔다. 담배꽁초 필터는 검었고 종이는 누랬다. 싱크대에는 씻지 않은 그릇들과 빈 와인 병이, 이젤에는 그리다 만 그림과 딱딱하게 굳은 붓이 그대로였다. 작업실 안은 음이 소거된 정지 화면 같았다. 나는 천천히 실내를 둘러보았다. 걸음을 옮길 때마다 삐거덕 삐거덕 마룻장이 울어댔다. 금방이라도 집주인이 현관문을 밀고 들어올 것 같아 나는 자꾸만 뒤를 돌아보았다.

빽빽한 라이터가 여러 번 공회전을 하다 파란 불꽃을 일으켰다. 담배 연기를 깊이 들이마셨다. 담배는 아무런 맛이 없이 독하기만 했다. 두어 번 빨아 당기자 휘청 어지러웠다. 너무 오래된 담배였고 오랜만에 피워보는 담배였다. 작업실 탁자 위에 놓인 담배를 보자, 피우고 싶은 충동이 일었다. 그것을 피우다보면 좋은 생각이 떠오를 듯도 했다. 수시로 등짝을 훑고 지나가는 서늘함도 가실 것 같았다. 나는 숲을 마주 보며 데스크에 쪼그려 앉았다. 노란 잎들이 나선형을 그리며 떨어져 내렸다. 순서를 정해놓은 것처럼 하나씩 하나씩 흐린 숲을 선명하게 스쳤다. 평생 바다만 그려왔다는 그가 무슨 연유로 후드산 자락을 택했을까. 나는 바다가 내려다보이는 지영의 집을 떠올렸다.

"임자가 나타난 김에 팔아버리려고."

작업실이 갑자기 팔렸다며 물건을 처분해달라고 지영이 부탁했다. 그녀는 장부와 현금을 옆으로 밀어내고 샴페인을 잔에 따라 내게 권했다. 지영은 종일 식당에 나타나지 않는 날이 많았지만, 그날 매상을 체크하고 컴퓨터에 마감 버튼을 누르는 일은 직접 챙겼다. 나는 셰프들이 퇴근한 후에 시작한 주방 정리를 막 끝내고 앞치마도 벗지 않은 채였다.

"넌 그림을 좀 알잖니."

그림을 창고로 옮기는 일은 그림을 아는 것과 별 상관이 없었지만 나는 고개를 끄덕였다. 마침 그가 마지막으로 전시를 했던 뉴욕의 갤러리에서 유고전 초청이 왔고, 대강이나마 작품의 도록을 만들어 그곳 큐레이터에게 보내야 한다고 지영이 덧붙였기에 나는 약간의 명분도 얻었다.

"마시자."

지영이 검정 재킷을 벗어 의자에 걸쳤다. 푸른빛이 도는 시폰 블라우스에 비로드 재질의 짧은 치마, 스틸레토 힐이 군살 하나 없는 지영의 몸에 잘 어울렸다. 지영의 몸에는 젊은 여자에게서나 있을 법한 긴장과 관능이 여전히 남아 있었다. 지영이 두 잔째 샴페인을 따르고 병을 얼음 통에 도로 넣었다. 나는 아직 홀 청소가 남아 있었지만 잔을 단숨에 비웠다. 적당한 탄산과 신맛, 천박하지 않은 달콤함. 프랑스 샹파뉴 지역에서 만든 진짜 샴페인 돔 페리뇽을 마실 기회는 흔치 않았다. 기온이 내려가 발효가 멈춘 와인이 봄이 오면 두번째 발효가 시작되었다. 탄산 때문에 부글부글 끓어 병을 터져버리게 만들었던 실패한 와인을 샴페인으로 만든 수도사가 돔 페리뇽이었다.

"그림만 잘 추려서 창고로 옮겨주면 돼. 힘이 필요한 일은 따로 인부를 불러서 해결하면 되고. 정말 중요한 것만 빼곤 다 버려도 돼. 괜찮겠지?"

나는 그리에르 치즈와 하몽 몇 조각이 담긴 접시를 내려다보다 하몽을 한 조각 입에 넣었다. 비린내 없이 잘 말린 하몽이었다.

"당연하지, 지영아."

나는 하몽을 입에 문 채 지영을 보며 밝게 웃어 보였다. 지영의 전화벨이 울렸다. 나의 말은 맥없이 지영의 벨소리에 묻혔다. 지영이 어떤 부탁을 한다 해도 나는 거절할 수 없을 것이었다. 그것은 지영도 알고 나도 알았다. 지영이 짧은 통화를 끝내고 현금과 서류를 가방에 넣었다.

"아, 참. 여기 열쇠."

지영이 테이블 위에 은색 열쇠를 올려놓았다. 나는 열쇠를 키 체인에 꽂아 넣으며 다시 한 번 걱정 마, 라고 말했다.

"그 집의 모든 자물쇠는 이걸로 열려. 집 뒤편 창고도, 현관도, 방들도. 그 사람 가고 도어락을 모두 바꿨어. 혹시나 해서 말이야."

지영이 일어나며 말했다. 나도 따라 일어섰다. 혹시나, 라는 말이 걸렸지만 지영에게 묻지 않았다. 지영이 나가고 식당의 출입문을 잠갔다. 창밖으로 지영이 검정 지프에 올라타는 모습이 보였다. 필립이 지영의 어깨를 감싸 안고 그녀의 볼에 입을 맞추는 것을 보며 나는 창의 블라인드를 닫았다. 청소기의 전원을 넣고 바닥을 밀기 시작했다. 죽은 자의 짐을 정리한다는 건 뭘까. 내가 해도 되는 일일까. 할 수 있을까. 바닥의 먼지가 기계로 빨려 들어가는 소리가 요란했다.

작업실 한편에 놓인 싱크대의 수도꼭지를 열었다. 고여 있던 공기가 빠져나오자, 한동안 시뻘건 녹물이 쏟아졌다. 맑은 물이 흐르기를 기다렸다가 커피포트에 물을 받아 끓였다. 따뜻한 것이 간절했다. 스펀지에 거품을 내서 컵과 접시를 빡빡 문질렀다. 일이 끝나면 이것도 다 버려야 할 것들이었지만 당장은 씻어야 사용할 수 있었다. 그라인더에 커피콩을 갈았다. 유통기한을 한참이나 넘긴 커피지만 의외로 마실 만했다. 타월로 소파의 먼지를 털어내고 몸을 깊숙이 기대앉았다. 내 숨소리에 내가 놀랄 만큼 극단적인 고요가 공기를 팽팽하게 부풀렸다. 부담스러운 적막이었다. 리모컨으로 오디오의 전원을 넣었다. 익숙한 한국 노래가 정적을 깼다. 나는 노트를 꺼내 작업 플랜을 짜기 시작했다.

퉁. 퉁. 퉁.

누군가 문을 두드렸다. 건장한 히스패닉계 남자 둘이 현관 앞에 서 있었다. 내 차 뒤로 남자들이 타고 온 트럭이 보였다. 남자들의 유니폼에도, 트럭에 실린 쓰레기 컨테이너에도 '정크 솔루션'이라는 회사 로고가 박혀 있었다.

"전화를 안 받으시더라고요. 리셉션이 없나 봐요."

곱슬머리 남자가 말했다.

"완전 먹통이네요."

전화기를 확인하며 내가 말했다. 미국의 시골에서는 흔한 일이었다.

남자는 레일을 연결해 쓰레기통을 땅으로 내렸다. 바퀴가 달린 두 개의 거대한 쓰레기통이 마당에 놓여졌다.

"초록색은 일반 쓰레기, 파란색은 리사이클이에요. 리사이

클은 구분 없이 넣으면 돼요. 분류는 우리가 할 거니까."

남자가 서류를 꺼내 사인을 받았다. 쓰레기통은 일주일 후에 찾으러 올 테지만 그전에라도 차게 되면 전화를 달라고 했다. 작은 창고만 한 쓰레기통을 보니 일이 반은 해결이 된 것 같았다. 이제 작업실 물건들을 저 속으로 던져 넣기만 하면 될 것이었다.

데크에 서서 남자들의 차가 안개 속으로 사라지는 것을 우두커니 바라보았다. 다시 혼자 남았다. 앞으로 열흘은 집으로 돌아가지 못할 것이었다. 그때까지 작업실을 완벽하게 비워줘야 했으므로 시간이 촉박했다. 집에서 잠을 자기 위해 네 시간이나 길에 소비할 수는 없었다. 마침 아들도 집에 없으니 돌아갈 이유가 더 없어진 셈이었다.

오늘 아침 아들은 파리로 밴드 트립을 떠났다. 고등학교 오케스트라에서 주최하는 여행이었다. 파리 근교 고등학교를 돌며 밴드 공연을 하고, 남는 시간은 파리 시내를 관광하는 일정이었다. 비용이 비싸 참가자는 그다지 많지 않았지만 아들은 뜻밖에 그 여행을 가고 싶어 했다. 나는 그게 반가웠다. 지영에게 받은 돈으로 흔쾌히 여행 경비를 지불했다. 어쩌면 아들에게 줄 수 있는 마지막 선물이 될지도 몰랐다. 아들은 파리에서 돌아오면 이번 학기를 마치는 한 달 뒤에 한국으로 돌아가기로 했다. 그러고 나면 오랫동안 아이를 만나지 못할 수도 있었다.

나무를 삼각형으로 쌓고 불쏘시개를 넣었다. 종이를 공처럼 구겨 빈 공간을 채우고, 초를 자른 모양의 하얀 스타터를 올렸다. 불은 금방 화르르 타올랐지만 불쏘시개의 불은 믿을 게 못 됐다. 장작의 몸통에 진짜 불이 옮겨 붙을 때까지 인내를 가지고 부채질을 해야 했다. 탁자 위에 놓인 남자의 다이어리 속에는 만년필이 끼워져 있었다. 만년필을 열고 종이에 동그라미를 쳐보았다. 잉크가 마른 촉에서 슥슥 종이를 긁는 소리가 났다. 만년필을 한쪽으로 치워두고 다이어리를 한 장, 한 장 찢어 불 속으로 던졌다. 종이를 찢을 때마다 종이 위에 적힌 글이 눈에 들어왔다. 대부분은 일정이나 메모였지만 간혹 삽화가 그려져 있기도 했다. 마당 공사 드로잉 아래에는 공사 경비 내역이 적혀 있었다. 남자의 글씨는 오른쪽으로 조금 누웠고 끝이 날카로웠다. 어떤 페이지에는 스무 명쯤 되는 사내들이 긴 식탁에 둘러앉아 술을 마시며 웃고 있었다. 누군가 소주병을 들고 서 있었다. 노래를 부르는 모양이었다. 그다지 세밀하진 않았지만 유쾌하고 즐거운 기운이 느껴졌다. 그림은 세 페이지였다. 마지막 그림 아래 '종로, 2010년 6월'이라고 적혀 있었다.

그즈음 나는 어디서 뭘 했었나. 파편이 된 기억들이 맥락없이 떠올랐다. 막 분당에 집을 샀고, 북촌 한옥을 개조한 갤러리에서 큐레이터로 일했다. 유럽 몇몇 신인 작가들을 초청해서 전시회를 열었을 때는 크게 성공을 거두기도 했다. 남편은 막 시작한 핀테크 스타트업 사업으로 정신없이 바빴고, 상장을 앞두고는 일을 핑계로 집에 들어오지 않는 날이 많았다. 함께 살았지만 서로 나눌 수 있는 말은 적었고 가끔은 남처럼 낯설게 느껴졌는데 그런 사이에도 아이는 매일매일 자랐다. 아이는 초등학교에 입학했고 나는 녹색어머니회도, 새 학기 청소도, 급식 봉사도 가지 못해 아이를 자주 울렸다. 퇴근을 하면 공연히 종로 바닥을 혼자 걷다가 대학로까지 내려와 갤러리를 돌아다녔다. 친구들의 작업실에서 늦게까지 술을 마시며 '나는 남의 그림이나 팔다 죽을 년'이라고 주정을 하곤 했다. 집으로 돌아오면 아이는 친정어머니의 품에서 잠들어 있었다.

그의 드로잉을 다시 한 번 들여다보았다. 왠지 낯이 익은 곳 같았다. 내가 자주 가던 술집이었을 수도 있었다. 어쩌면 우리는 그날 길에서 우연히 어깨를 부딪치고 가벼운 농담을 주고받거나, 정중한 사과를 했을 수도 있었다. 나는 드로잉을 구기지 않고 편 상태로 불 위에 얌전히 놓았다. 종이는 가장자리부터 활활 타올라 검게 쪼그라들었고 곧 먼지가 되어 잠시 날았다가 흩어졌다.

그의 작업실은 완성된 그림과 그리고 있는 그림과 그림이 될 도구들로 가득 채워져 있었다. 작업실의 마당은 자작나무 숲을 향해 경계 없이 열려 있었다. 언제고 숲으로 걸어 들어갈 수 있는 구조였다. 그림을 그리는 사람이라면 누구나 한

번쯤 꿈꾸었을 아름다운 공간이었다. 그는 그곳에 어마어마한 양의 재료들을 쌓아두었다. 셀 수 없이 많은 물감과 붓, 나이프, 오일 통, 캔버스, 용도를 알 수 없는 유리와 도자기 조각들. 프레임과 캔버스를 제작할 천, 한지와 켄트지. 조각도와 물레와 흙. 전동 사포나 직소 같은 파워 툴들. 수장고처럼 단정히 정리된 남자의 물건들은 쓰레기가 되기에는 지나치게 아름다웠다.

"작품만 빼고 다 버려도 돼."

지영의 말을 떠올리자 미간이 찌푸려졌다. 빌려둔 창고는 작업실의 십분의 일 규모였고 작품만을 보관하기에도 충분치 않은 공간이었다. 그러므로 이 물건들은 대부분 버려져야 했다.

지영이 내게 일을 맡긴 다음 날 메시지를 보내왔다.

—네가 돈 때문에 이 일을 하는 게 아니라는 걸 알아. 내가 이 일 때문에 네게 돈을 보내는 게 아닌 것처럼. 네가 없었으면 난 어떻게 살았을까. 부담 갖지 말고 받아줘.

입금을 알리는 지영의 메시지를 받고 통장을 조회했다. 만 불이 입금되어 있었다. 큰돈이었다. 지영의 식당에서 여섯 달을 일해야 만질 수 있는 돈이었고 그 돈이면 이곳에서 여섯 달은 버틸 수 있었다. 나는 고맙다는 말과 함께 이모티콘으로 하트를 쏟아냈다. 낯이 뜨거워졌다.

언제부턴가 내가 입고 있는 옷도, 들고 있는 가방도, 자동차까지 지영이 쓰던 물건이거나 선물한 것들이었다. 지영은 내가 불편하지 않게 그것들을 내밀 줄 알았다. 어차피 안 입는 거라고 했고, 네 덕분에 새것 좀 사자고도 했다. 이런 거에 부담을 가지면 오히려 자신이 더 서운하다고 했지만 부담을 갖지 않을 수 없었다. 나는 시간이 갈수록 지영의 비위를 맞추고 있었고 그 끝에서 피할 수 없는 모멸감과 마주했다. 지영의 잘못이 아니라 나의 처지 때문이란 걸 알았지만 안다고 해서 피해 갈 순 없었다. 나는 지영의 선물을 거절하는 대신 수치심을 지영에게 들키지 않으려 애썼다. 그것은 수치심을 느끼는 것과는 다른 차원의 문제였다.

일 년 반 전에 지영을 포틀랜드 한인슈퍼 만두 냉동고 앞에서 만났다. 이십 년 만에 우연히 다시 만났지만 한눈에 지영을 알아보았다. 지영도 그랬다. 지영이 나를 보자마자 울먹였고, 그 때문에 많은 기억이 한꺼번에 떠올랐다. S여고의 울보 한지영. 지영이 대학 졸업하자마자 미국으로 떠난 후에 한 번도 만나지 못했지만 나는 종종 그녀를 생각했다. 서로 다른 대학을 다니며 소원해지긴 했어도 여고 시절엔 꽤 붙어 다니던 친구였다. 운동장 벤치에 나란히 앉아 막 사귀기 시작한 남자 친구 이야기를 할 때도, 풀지 못한 수학 문제에 대해 이야기할 때도 지영은 울었다. 종로로, 인사동으로, 무교동으로 팔짱을 끼고 걸으면서도 훌쩍거리며 울었고, 떡볶이를 먹으면서도 눈물을 흘렸다.

우리는 한인슈퍼 근처 커피숍에 마주 앉아 지나온 날들을 빠르게 요약했다. 그즈음 나는 아이의 유학을 핑계로 미국에서 삼 년째 지내고 있었다. 지영은 대학을 졸업하자마자 뉴욕으로 건너가 미대생이었던 남편을 만나 결혼을 했고, 얼마 후 포틀랜드로 옮겨와 정착을 했다고 했다. 변변한 작품 하나 그려내지 못하고 번번이 공모전에 낙방을 하다 재능도 열정도 없는 자신을 자책하며 슬그머니 그림을 접었던 나는 지영의 남편이 꽤 알려진 화가라는 사실에 나지막하지만 강렬한 파동을 느꼈다. 나는 반쯤은 선망으로 반쯤은 경이로 감탄사를 쏟아냈다.

"한번 만나고 싶다. 그림도 보고 싶고."

몇 년 전에는 한국 아트페어에도 초대를 받아 전시를 했다는 소리에 내가 말했다.

"죽었어. 얼마 전에."

지영이 농담처럼 말했다. 우리는 급격히 친밀해졌다. 지영은 종종 이것이야말로 숙명이라고 했다. 나도 그 말에 수긍했다. 타국에서 지영도 나도 혼자였으니까. 그렇게 지영을 만나지 못했다면 아마 나는 이곳에서 그렇게 오래 버틸 수 없었을 테니까.

물건들을 손에 잡히는 대로 하늘색 세탁 바구니에 던져 넣었다. 바구니가 가득 차면 쓰레기 컨테이너로 옮겼다. 그때까지 전원이 들어와 있던 냉장고의 콘센트를 뽑고, 새파랗게 곰팡이가 핀 치즈와 말라서 돌멩이가 된 귤, 아직 멀쩡한 된장과 고추장도 버렸다. 옷장 속에는 같은 브랜드 같은 색 셔츠 수십 장이 있었는데 남자의 성격이 짐작이 되어 웃음이 났다. 서랍장이나 냉장고처럼 덩치가 크고 멀쩡한 물건은 포스트잇을 붙여 행선지를 적었다. 그중 일부는 '빅 보이즈'나 '굿 윌' 같은 기부 단체에 연락을 하면 가져갈 것이었다.

반나절이 지나지 않아 나는 난감해졌다. 밑줄이 그어진 그의 책을 보다, 귀퉁이에 거칠게 적은 메모를 읽느라 한동안 시간을 보냈다. 그의 시간과 취향은 여러 곳에서 드러났다. 글과 그림이 그려진 일기는 한 박스나 되었다. 오랜 시간 모아왔을 음반들, 손수 빚은 접시들 앞에서 갈등을 하느라 일이 더뎠다. 지영에게 이런 것들은 아무런 의미가 없는 것일까. 그냥 버려도 원망하지 않을까. 멀쩡한 물건을 버리는 것은 오랜 관성을 거스르는 일이었다. 몇몇 물건은 당장 주고 싶은 사람이 떠올랐다. 하지만 지영이 그걸 용납할까. 사람들은 그렇게 죽은 사람의 물건을 갖기 원할까. 집 안은 들여다보지도 않고 집을 샀다는 집장사의 유일한 요구도 집을 완전히 비워 주는 것이었다. 전 주인의 흔적은 물론, 급매 물건에 딸려올지 모를 일말의 불운까지 모조리 걷어 가라는 말 같았다. 나는 마음이 아뜩해질 때마다 데크로 나가 숲을 마주 보며 그가 남겨둔 담배를 피워 물었다. 지영은 '작품만'이라 강조했지만 애매한 말이었다. 드로잉 스케치북은 연습용이긴 해도 내가 보기에는 그 자체로 의미가 있었다. 그것은 일종의 제작 노트이기도 하고, 작가의 시선을 이해하는 안내문이기도 했다. 함부로 버릴 물건은 아니었다.

"그게 팔리겠어?"

차를 타고 나가 주유소에 딸린 공중전화를 찾아 전화를 걸었을 때, 지영이 말했다. 지영이에게 작품이란 돈이 되는 것을 의미했다. 연습 드로잉까지 작품으로 인정받기에 그의 명성이 너무 어중간하다고 했다. 그 시간 지영은 라스베이거스에 가기 위해 필립과 공항에 나와 있었다. 분주한 소음이 전화기를 타고 들려왔다. 레스토랑 박람회가 표면적인 이유였지만 작업실이 정리되는 동안 포틀랜드를 떠나 있으려는 속셈인 듯했다. 뭔가를 잊기에 라스베이거스는 완벽한 도시니까.

"다 버려."

지영은 탑승 시간이 되었다며 급히 전화를 끊었다.

와인 셀러에서 와인을 한 병 꺼내 땄다. 커다란 잔에 와인을 삼분의 일쯤 따르고 잔을 빙빙 돌려 스월링을 했다. 피노누아. 오레곤 내륙 윌리엄메트 계곡에서 생산된 것이었다. 한 모금을 혀끝에 올렸다가 입안에서 빙빙 돌렸다. 와인은 산패되지 않고 잘 보관되었다. 살구의 상큼한 향이 먼저 올라왔고 뒤따라 묵직한 오크향이 나왔다. 에멘탈 치즈 한 조각 생각이 났다. 약간의 포도가 있다면 올드 체다도 어울릴 것 같았다.

지영의 레스토랑 치즈 리스트에는 이태리, 프랑스, 스위스에서 주문한 질 좋은 치즈들이 꽤 있었다. 식당 청소를 마친 새벽 두시쯤, 나는 손님들이 남기고 간 와인을 텀블러에 담고 맘에 드는 치즈를 표 나지 않게 잘라냈다. 어떤 날은 치즈를 먼저 선택하고 페어링할 와인을 정했고, 좋은 와인이 남아 있을 때에는 그에 맞는 치즈와 콜드미트를 정하기도 했다. 집으로 돌아오면 날이 밝을 때까지 하몽이나 프로슈트에 곁들여 와인을 마셨다. 술을 마시면서 책을 읽고 이것저것 썼다. 그것은 나를 움직이게 하는 죄의식이기도 했고 삶의 복원을 위한 리츄얼이기도 했다. 날이 밝으면 아이를 깨워 학교에 보내고, 커튼을 모두 닫았다. 대나무의 마디가 앙다물어지는 시간처럼 검고 아득했다. 그 속에서 나는 깊은 잠에 빠지곤 했다.

와인을 한 잔 더 따라 마시며 그의 다이어리를 한 장, 한 장 넘겼다. 비가 온다, 흐리다, 맑다, 춥다, 안개, 숲에 누워 바다를 그리다, 숲에서 파도 소리가 들리는 날, 짐승을 달래 속에 넣었다, 오늘은 한 무리의 중국인들에게 그림을 팔았다, 샤론은 수완이 좋은 큐레이터다, 내 그림을 잘 읽어주는 사람들.

나는 남자의 다이어리를 거칠게 덮었다. 감청색 긴팔 폴로 남방에 청바지를 입은 남자, 그림을 그리는 남자, 글을 쓰며 음악을 고르는 남자, 도자기를 굽고, 산을 오르는 남자를 상상하다가, 형체도 알 수 없이 검게 타버린 괴물을 만나기도 했다. 남자의 차는 26번 도로에서 과속으로 가로수를 들이받아 폭발했다. 운전자의 몸이 형체도 없이 타버렸다는 그 사고를 나도 뉴스에서 보았다. 그것이 지영의 남편이라는 것을 몰랐을 뿐이었다. 차의 폭발로 불이 숲으로 옮겨 붙었기 때문에 현지 방송에서도 며칠씩 그 사고를 헤드라인으로 다루었다.

"그는 스윗했지만 무능력했어."

지영이 언젠가 그의 삶을 짧게 총평했다. 그림에만 미쳐서 대책 없이 일을 저지르고 나면 언제나 뒷수습은 자신의 차지였다고 그녀는 말했다. 자신의 삶이 너무 고달팠다고 말할 때는 필립도 함께였다. 지영은 잠깐 눈부셨던 그의 성공을 말하면서 "그를 키운 건 나였어"라는 말도 잊지 않았다. 나는 지영의 남편을 몰랐지만 그 말은 가당찮게 들렸다.

"꼴같잖은 예술 한답시고 은근히 나를 무시했어. 은근히."

지영이 술이 취해 한국말을 쏟아낼 때 필립은 꼭 알아듣는 사람처럼 고개를 끄덕이며 손바닥으로 지영의 등을 둥글게 문질렀다. 지영이 일곱 살 어린 아랍 남자 필립의 어깨에 머리를 기댔다. 필립의 뜨거운 입김이 내게까지 닿는 듯했다. 나는 그들이 품어내는 끈적한 공기 속에서 남편과의 마지막 밤을 떠올렸다.

"나 한 번만 안아줘."

손가락 사이로 모래를 흘려보내던 남편에게 내가 말했다. 그가 손을 툭툭 털고 내 어깨를 감싸 안았다. 보름달이 떠서 캐넌 비치가 환히 내려다보이는 모래언덕에서였다. 그가 그곳까지 고분고분 나를 따라 올라온 이유는 단 하나였다. 설득 같은 거 하지 마. 그는 이혼 서류를 들고 미국으로 들어오기 전에 단호하게 말했다. 나는 마지막이라며 짧은 여행을 제안했다. 그 사흘 동안 우리는 끊임없이 서로를 설득했고 실패했다.

"싫어서 그런 건 아니야. 이제 서로 자유로워질 때가 된 거 자기도 인정하잖아."

남편은 내 어깨를 감싼 손가락에 힘을 주었다. 이제 제발 떨어져 나가달라는 말을 들으면서도 그의 입김에 내 귀가 뜨겁게 달아올랐다. 나는 남편의 입에 내 입을 맞추었다. 남편은 고개를 돌렸다. 이제 그만 하자. 남편이 말했지만 나는 그것을 받아들일 수 없었다.

유학을 결심하기 전 아이 학교 선생님의 권유로 병원엘 갔다. 의사는 나와 아이에게 동시에 약을 처방했다. 일 년 가까이 아이는 학교에서 따돌림을 당했고 깊은 잠을 자지 못했다. 아이는 두시에도 세시에도 깨어 있었다. 불면은 나도 마찬가지였으므로 잠들지 못하는 아이가 십 분에 한 번씩 화장실 들락거리는 소리를 고스란히 들었다. 따돌림보다 소아우울증이 더 문제라고 의사는 말했다. 초등학교 6학년인 아이의 키는 아빠보다 더 컸으므로 소아라는 말은 어쩐지 이상했다.

"소아우울증이요?"

"확신할 수는 없지만," 의사는 중대한 발표를 하는 것처럼 침을 삼켰다.

“훨씬 더 어릴 때의 불안에서 시작된 것 같아요. 분리불안 같은 거요.”

의사의 애매한 말은 나의 불안과 죄의식을 한꺼번에 공격했다.

“엄마의 우울과 아이의 우울은 잘라낼 수 없는 인과가 있지만……”

의사는 수많은 원인들을 추측했고 나는 해결책이 필요했다. 돌아오는 길에 유학을 생각했다. 다른 방법은 생각나지가 않았다. 상처를 준 사람과 장소에서 멀어지는 것은 완벽한 해답 같았다. 한국을 떠나 있는 동안 아이의 상처는 말끔해질 것이었다. 유학을 가서 아이와 둘이 지내겠다고 남편에게 말했을 때, 그는 냉장고에서 물을 꺼내다 맞은편 벽을 향해 물병을 던졌다. 유리가 사방으로 튀었다.

“잠깐만 떨어져 지내다보면 좋아질 거야. 조금만 기다려줘.”

나는 유리 조각을 주워 담으며 그를 달랬다.

“네가 이 모든 것을 엉망으로 만들었어. 아이도, 가정도. 너는 엄마도 아니야!”

남편은 끝까지 나를 원망했다. 동의할 수 없었지만 반박하지 않았다. 나는 수속을 밟았고 아이와 함께 미국으로 왔다. 이 년이 지났을 때 아이는 얼마간 안정을 찾았고 남편은 이혼을 요구했다. 나는 끝내 이혼 서류에 서명하지 않았다. 다른 여자가 생겼다고 했지만 그건 내 알 바가 아니었다. 그렇게 끝낼 수는 없었다. 그는 송금을 끊었다. 돈이 필요하면 이혼 서류에 도장을 찍을 것이라고 생각했던 것 같았다.

작업실 정리를 시작한 지 사흘이 지났다. 거실은 이삿짐을 부려놓은 것처럼 복잡해졌다. 물건은 끄집어낼수록 많아졌다. 이 상태라면 쓰레기 컨테이너가 두 개는 더 있어야 할 것 같았다. 배가 고팠지만 먹을 게 없었다. 버리려 던져둔 식료품에서 컵라면을 찾아 물을 부었다. 좋은 맛도 나쁜 맛도 모두 사라져버린 라면의 국물을 마시고 건더기를 건져 먹었다. 해가 기울기 시작했을 때 콩 통조림을 데워 먹었고, 참치와 블랙 올리브 캔을 따서 와인을 마셨다. 짐을 대강 옆으로 밀어놓고 벽난로 앞에 드러누웠다. 천장은 끝이 보이지 않게 아득히 높았다. 남자는 이곳에서 혼자 십 년을 살았다.

해가 지는가 싶더니 산속은 순식간에 어두워졌다. 데크에 나가 의자에 앉았다. 숲은 검었고 하늘은 푸르렀다. 숲에서 축축한 밤이슬 냄새가 났다. 담배를 비벼 끄고 숲으로 몇 걸음 걸어 들어갔다. 발밑이 푹신했다. 더 깊숙이 들어갔다. 숲이 눈에 익자 제 모습을 드러냈다. 달빛이 고즈넉이 숲으로 잦아들고, 자작나무의 하얀 둥치가 초를 꽂아놓은 것처럼 경건했다. 나무에 등을 기대고 서서 나무와 나무 사이에 서 있는 또 다른 나무들을 바라보았다. 낯설고 두렵고, 아름다웠다. 나뭇잎이 바람에 팔랑이는 소리가 바람보다 먼저 귀에 도달했다. 나는 용기를 내서 더 깊은 숲으로 들어갔다. 문득 어둠 속에서 번뜩이는 짐승의 눈을 본 듯했다. 정신없이 숲을 헤치고 뛰쳐나왔다. 작업실의 문을 열었을 때 따뜻한 공기가 나를 감쌌다. 나는 작업실 바닥에 누워 안도의 숨을 쉬었다. 그곳이 나의 오랜 오두막이었던 것도 같았다.

다음 날도 그다음 날도 나는 밤의 숲으로 들어갔다. 들짐승처럼 눈을 뜨고 숲을 응시했다. 숲이 눈에 익자 두려움의 실체가 사라지는 듯도 했다. 까마득 모든 것이 멀어졌고, 나는 작아졌다. 작아지며 단단해졌다. 이대로 여기서 사라진다 해도 나쁘지 않을 듯했다. 그런 마음은 갑작스러운 것이었지만 확고한 구석이 있었다. 적막 뒤에 따르는 평온, 체념 후의 평화가 밀려들었다. 나는 숲을 이리저리 돌아다니다가, 작업실의 불빛을 향해 천천히 걸어 나왔다. 데크 위에 누워 하늘을 보았다. 별이 빼곡했다. 멀리서 파도 소리가 들려왔다. 나는 파도 소리를 더 잘 듣기 위해 눈을 감았다. 소리는 가까워졌다가 사그라들고 또 가까워졌다. 바람이 몸에 찰랑찰랑 감겼다.

"작업실에 갔을 때, 자살일지도 모른다는 세간의 추측이 완전히 틀렸다는 걸 알았어. 죽고 싶은 사람이 그렇게 많은 걸 남겨두고 갔겠어? 아무리 찾아도 유서 같은 건 없었다고."

그가 죽고 지영이 딱 한 번 작업실에 온 이유는 유서를 찾기 위해서였다. 사고가 난 곳은 포틀랜드에서 태평양 바다를 향해 뻗은 26번 도로였다. 경찰은 범죄의 증거가 없다며 사고로 처리했지만, 사람들은 육차선의 직선도로로 사고가 흔한 구역이 아니며, 이해할 수 없이 높았던 속력과 지영의 남자관계, 평소 그가 앓고 있던 우울을 근거로 그의 죽음은 사고가 아닐 거라고 수군거렸다. 남자의 몸은 약물 검사도 부검도 불가능하게 타버렸기 때문에 소문은 끈질기게 살아남았다.

"그날도 보름날이었으니까."

보름달이 뜨면 그는 모래언덕 위로 바다를 보러 가곤 했다고 지영이 말했다. 나는 지영의 말이 사실이 아닐 수도 있다고 생각했다. 지영에게 그가 어떤 사람인지 말해주고 싶었다. 그가 그린 바다는 지영이 알고 있는 오레곤의 태평양이 아니라 한국의 남쪽 바다일지도 모른다고. 그날 그가 향했던 곳은 모래언덕이 아니라, 26번 도로 자체였는지도 모른다고. 거대한 자작나무 숲을 가로지르는 직선의 도로 그 한가운데 떠 있는 둥근 달을 보러 간 것인지도 모른다고. 26번 도로의 자작나무 숲으로만 한 권 가득 채운 드로잉 북을 지영에게 펼쳐 보이며 여기도 달이 떠 있지 않냐고 소리 지르고 싶었다. 하지만 그것은 결코 일어나지 않을 일이었다. 나는 그의 드로잉 북을 한 장 한 장 찢어 불에 던져 넣었다.

닷새째 아침에는 허리가 끊어질 듯 아파서 눈을 떴다. 밤새 소파에서 모로 누워 잔 모양이었다. 머리를 대강 묶고 차를 몰아 다운타운으로 나갔다. 끝에서 끝까지 백 미터도 안 되는 작은 마을이었다. 골동품 가게에 딸린 카페에 앉아 빵과 달걀과 소시지를 시켜놓고 여기저기에 전화를 했다. '빅 보이즈'는 이틀 후에 트럭을 가져와 기부 물품을 가져가겠다고 했다. '정크 솔루션'에서는 오후에 쓰레기통을 교체해주기로 했다. 지영은 라스베이거스에서 아침을 먹는 중이라고 했다. 전날 박람회 부스에서 레스토랑에 어울릴 만한 테이블을 봐둔 것이 있어 오후에는 그쪽 업자와 면담을 잡았다고 했다. 전기 가마나 오디오는 아직 꽤 값이 나갈 것이니 '크레이그리스트'에 광고라도 내볼까 했더니 지영이 에이 뭘, 몇 푼이나 된다고, 하고 말했다.

나는 빵을 씹다가, 타이레놀을 꺼내 커피와 삼켰다. 아들에게는 아직 아무런 연락이 없었다. 아들은 이제 내가 감당할 수 없는 아이가 되었다. 고등학생이 되자 말수가 급격히 줄었는데, 행동은 폭발하듯 폭력적이 되기도 했다. 학교에서 친구랑 싸울 때, 날카롭게 날을 세운 쇳조각을 가지고 있었다는 이유로 퇴학을 당했고, 학교를 옮겨야 했다. 아이는 쇳조각을 철공 시간에 만들어본 '장난감'이라고 말했으나 교육청과 학교에서는 '무기'라고 불렀다. 아이의 불면은 다시 시작되었다. 남편은 기숙사가 있는 국제학교를 알아두었다며 한국으로 아이를 보내라고 했고 아들도 돌아가고 싶어 했다.

식당 옆 슈퍼에서 몇 가지 식료품을 사서 작업실로 돌아왔다. 작업실 마당에 사슴 세 마리가 어슬렁거리며 풀을 뜯어 먹고 있었다. 차가 드라이브 웨이로 들어가도 피하지 않고 오히려 차를 막아섰다. 사슴들이 나를 해하지 않으리라는 것을 알지만 나는 왠지 그 짐승이 무서웠다. 사슴들은 차 주위를 이리저리 돌며 운전석 창까지 다가와 나를 쓰윽 올려다보았다. 가까이서 본 사슴은 생각보다 훨씬 커서 송아지만 했다. 나는 오도 가도 못하고 사슴이 숲으로 돌아가기를 기다렸다. 그러다 지난밤 그의 다이어리에서 본 산속의 온천 풍경이 생각났다. 'Bagby'라는 제목의 드로잉은 무려 다섯 장이었다. 첫 페이지에는 온천 가는 지도가 상세히 그려져 있었다. 나머지는 뜨거운 김이 피어 오르는 길가의 실개천, 시다나무 숲속의 낡은 목조 건물과 건물 속의 나무 욕조를 그린 것이었다. 나는 언젠가 그곳으로 가볼 요량으로 드로잉을 찢어 내 수첩에 끼워두었다. 차를 뒤로 빼내서 백비로 향했다. 차가운 숲의 뜨거운 온천이라니. 아닌 게 아니라 몸이 너무 무거웠다.

야외의 둥근 나무 욕조에는 이미 대여섯 명의 남자들이 들어가 있었는데 한 남자가 손을 들고 굿 모닝, 인사를 했다. 그 손짓이 너무 자연스러워 그들이 알몸이라는 것도 의식하지 못하고 나도 웃으며 손을 흔들었다. 지붕이 반만 덮인 건물 속으로 들어가니 칸마다 통나무 속을 판 말구유 모양 욕조가 하나씩 있었다. 욕조 위로 뜨거운 물이 흘러넘쳤다. 그림 속의 그는 두번째 칸에 누워 맥주를 마시고 있었다. 나는 차가운 물을 섞어 온도를 맞추고 나무 마개로 뜨거운 물의 입구를 막았다. 옷을 모두 벗어 나무못에 걸어두고 탕 속으로 걸어 들어갔다.

물은 뜨거웠고 공기는 알맞게 차가웠다. 머리를 끝까지 뜨거운 물속에 넣고 숨을 멈추었다. 살아내는 일의 구역질이 얼마간 잦아드는 기분이었다. 뻥 뚫린 하늘에서 빗방울이 후두둑 떨어져 내렸다. 발끝부터 종아리, 허벅지를 손바닥으로 문질렀다. 살갗은 뜨거웠지만, 그 뜨거움 속에서 통증은 둔감해졌다. 두 팔로 무릎을 끌어안았다. 나는 무슨 짓을 한 것일까. 어쩌자고 한 사람의 생을 쓰레기통에 처박는 일을 하고 있을까. 혼자 초상을 치른 것처럼 피곤했고 또 서러웠다.

여섯째 날에는 별 생각 없이 열어본 목탄 박스에서 백 불짜리 현금 세 다발을 찾았다. 그 돈을 들고 잠깐 갈등을 했지만 지영에게 알리지 않았다. 물건들이 거의 비워진 거실에 그림을 세워놓고 사진을 찍고 일련번호를 붙이며 도록을 만들었다. 정리한 작품들을 매일 저녁 창고로 실어 보냈다. 어떤 그림 앞에서는 넋을 놓고 한동안 앉아 있었다. 그리지 않으면 죽을 것 같았던 시간이 떠오르기도 했고 어쩌면 다시 그림을 그릴 수 있을 것도 같았다. 혼란과 충격의 시간들 중에도 가끔은 믿을 수 없이 평온했다. 그 어느 때보다 살아 있다는 충만감이 들기도 했는데 그것은 정말로 뜻밖의 감정이었다.

그 밤에는 그가 그리다 만 그림을 그리기 시작했다. 팔레트에 몇 가지 물감을 짜내 나이프로 섞어, 바다에 색을 덧입혔다. 붉은색 바다 위에 검정을 섞은 파랑을 칠했다. 가파른 섬의 벼랑에 염소를 그려놓고 혼자 소리 내어 웃었다. 어느 여름 남도의 섬에서 벼랑에 매달린 염소를 보았던 기억이 났기 때문이었다. 여객선에서 내려 수없이 많은 계단을 밟고 고개를 넘었을 때 섬과 연결된 또 다른 작은 섬이 보였다. 내가 보고 싶었던 하얀 등대는 작은 섬 위에 있었지만 본섬에 가득한 야생화에 넋이 나가 작은 섬은 가지도 않았다. 그 기억을 되살려 길고 꾸불꾸불한 골목에는 볕을 쪼이는 노인들을 그렸고 가파른 계단의 중간쯤엔 우물과 빨래터를 그렸다. 그가 완성했던 그림과 내가 그린 그림을 나란히 걸어놓고 한참을 바라보았다. 그의 그림과 나의 그림이 크게 다르지 않았다.

열흘이 되던 날 쓰레기회사 직원들이 다시 왔다. 쓰레기통이 다 차서 마당에 쌓아둔 것들을 트럭으로 던져 올렸다. 컴퓨터가, 작은 소반이, 그리다 만 캠퍼스가, 캠퍼스를 만드는 재료들이, 화분이, 화병이 트럭 속으로 빨려 들어갔다. 마당 한가득 쌓였던 쓰레기가 트럭으로 모두 옮겨졌을 때, 작업실에 남은 것은 거의 없었다.

"태우지는 않고 매립할 겁니다. 근데 그건 왜요?"

이것들을 어떻게 처리할 거냐는 내 질문에 남자가 되물었다.

"태울 수는 없을까요?"

나는 남자의 물건들이 쓰레기와 섞여 거대한 쓰레기 산이 되는 것이 싫었다. 까마귀가 쓰레기를 파헤칠지도 몰랐다. 덤프트럭이 쏟아내는 쓰레기 더미에 까마귀가 깔릴 것이고, 그 까마귀를 먹기 위해 독수리가 달려들 것이었다. 생각만으로도 끔찍했다.

"그건 저희 소관이 아닙니다. 정부 방침에 따라야 해서요."

남자는 건조한 목소리로 짧게 설명했다.

그들이 돌아가고 나는 마당 구석 라일락 나무 아래를 삽으로 팠다. 땅은 적당한 습기를 머금어 별로 어렵지 않게 팔 수 있었다. 그의 시계 세 개와 안경, 애완견 클라라의 뼛가루, 잉크가 마른 만년필과 책갈피 속에서 발견한 어릴 적 사진들을 유약을 바르지 않은 작은 항아리에 담았다. 드로잉 북과 일기를 태웠던 재를 벽난로에서 쓸어내 항아리를 채웠다. 입구는 유리와 도자기 조각들로 덮었다. 항아리를 구덩이에 넣고 흙을 덮었다. 발로 흙을 꾹꾹 밟았다.

나머지 짐은 내 차에 실었다. 옅은 보라색과 분홍색, 연두색으로 곱게 물들인 한지 몇 장은 종이꽃을 만들어볼 심산으로 챙겼다. 빈 스케치북 몇 권과 목탄은 손이나 풀어볼까 해서 끼워 넣었다. 그가 그리다 만 그림과 붓 몇 개, 물감, 며칠

틈틈이 만진 그림도 트렁크에 넣었다. 그가 구운 도자기 중 향꽂이와 촛대도 내가 갖기로 했다. 모두 사소하고 별 값어치가 없는 것들이었다.

돌아오는 길에 단풍나무 둥치 사이로 호수를 보았다. 지영의 말처럼 주유소 근처는 아니었다. 그동안 지영은 라스베이거스 여행을 끝내고 돌아왔지만 한 번도 작업실에 나타나지 않았다. 나는 열흘 만에 집으로 돌아가 긴 잠을 잤고, 잠에서 깨어난 후에 남편에게 짧은 메일을 보냈다. 이혼 서류를 보내면 사인을 해서 아들이 돌아가는 짐 속에 넣어줄 것이라고 썼다.

가끔 안개가 짙게 내리면 그의 작업실을 지나 백비 온천으로 올라갔다. 그날 뜨겁고 차갑고 명료했던 숲의 시간들이 떠올랐기 때문이었다. 뜨거운 탕 속에 몸을 담그고 차가운 맥주를 마시다가 온천 주변 소나무 숲을 산책했다. 작업실을 지날 때는 브레이크를 살짝 밟아 속도를 낮추고 고개를 쑥 내밀어 작업실을 들여다보았다. 여전히 자작나무의 노란 잎들이 나선형을 그리며 땅에 떨어지고 있었고, 항아리를 묻은 땅 위에서 일년생 화초가 자라고 있었다. 어느 가을에는 붉은 파라솔이 달린 야외 테이블에서 차를 마시는 동양 여자와 눈이 부딪혔다. 나는 괜히 반가워 창밖으로 손을 흔들었다. 영문을 모르는 그녀도 웃으며 내게 손을 흔들어주었다.

지영은 그 후 필립이랑 헤어졌고 새 애인이 생겼다. 레스토랑의 식탁을 푸른빛이 도는 것으로 바꾸었는데 지영이 원목의 이름을 기억하지 못했다. 작업실의 정리가 끝난 후, 지영과는 알 수 없는 서걱거림이 한동안 지속되었다. 무슨 뜻이지? 간혹 지영이 술에 취하면 날을 세워 내 말꼬리를 잡거나 도무지 이해할 수 없다는 표정으로 어깨를 으쓱하거나 고개를 절레절레 저었다. 그런 순간이면 나는 참을 수 없는 마음이 되어 자리를 박차고 나왔다. 함께 술을 마시거나 밥을 먹는 일은 자연스레 줄어들었다. 어느 날, 지영은 꽤 두둑한 돈봉투를 내밀며 레스토랑 청소는 전문 업체에서 맡아주기로 했으며 이제 더 이상 레스토랑에 올 필요가 없다고 말했다. 나는 이불에 얼굴을 묻고 조금 울다가 목탄 박스를 열어 그가 남긴 돈으로 샹파뉴 지역에서 만든 진짜 샴페인을 샀다.

통영

전화벨이 울릴 때 나는 깊이 잠들어 있었다. 벨 소리는 꿈 속인 듯 아득히 멀리 들렸다. 두어 시간 전에 나는 소주 두 병을 모두 비웠고 그때까지 술이 깨지 않아 머리가 지끈거렸다. 그러다가 퍼뜩 어머니가 떠올랐다. 몸을 일으켜 전화기를 찾았다. 소리는 가까워졌지만 전화기는 보이지 않았다. 나는 다급히 이불 속을 더듬었다. 어쩌면 저 전화 속에 어머니의 마지막 말이 들어 있을지도 몰랐다.

"택아!"

"엄마!"

"누야다. 택아! 누야다. 엄마가 좀 전에 돌아가싰다."

나는 고개를 세차게 흔들었다. 잠들기 전에 한국으로 떠날 짐을 꾸려놓았다. 날이 밝으면 몇 가지 일을 처리하고 한국으로 들어갈 참이었다. 그사이에 어머니가 돌아가셨다니. 며칠 남지 않은 것 같다는 기별을 받고도 머뭇거리다 결국 어머니의 임종을 지키지 못했다.

새벽 두시였다. 프린트해둔 비행기 표를 만지작거리며 책상 앞에 우두커니 앉았다. 전날 누나와 통화를 한 후, 제일 빨리 출발하는 비행기 티켓을 예매한 것이 오늘 오후였다. 무엇을 어떻게 해야 할지 생각나지 않았다. 한국으로 가는 직항 비행기는 매일 오후 두시에 하나 있었다. 샌프란시스코나 시애틀을 경유하는 비행기를 탈 수 있겠지만 도착 시간은 별 차이가 나지 않을 것이다. 비행기를 타기 위해서는 열두 시간을 더 기다려야 했다. 그 열두 시간은 어찌해볼 도리가 없는 시간이었다.

새 직장의 장례 휴가는 일주일이었다. 어머니의 임종을 지키며 장례를 치르고 돌아올 수 있는 날을 잡아야 했다. 어머니의 죽음은 이미 예고된 것이었지만 시간은 예측 가능하지 않았다. 너무 일찍 한국으로 나간다면 돌아올 날짜를 헤아리며 어머니의 죽음을 재촉하게 될지도 몰랐다. 그것은 생각만으로도 끔찍했다.

오 개월을 일 없이 지내다 새 직장을 얻은 지 두 달이 채 되지 않았다. 그나마 정식 계약은 삼 개월 평가 기간을 거쳐 하기로 했다. 이직이 많은 직장이었지만 사고 후에는 직장을 잡기 쉽지 않았다. 이번 일은 하이엔드(high-end) 자재를 실컷 다뤄볼 수 있는 기회였으므로 놓치고 싶지 않았다. 매일 밤 누나와 통화를 하며 어머니의 죽음이 얼마나 가까워졌는지를 가늠했다. 차라리 아내가 등을 떠밀어주기를 바라기도 했다. 하지만 아내는 이렇다 저렇다 말하지 않음으로써 복잡한 셈법에서 비켜났다. 그러는 사이 어머니는 의사가 말한 한 달을 일주일 남겨두고 저세상으로 떠났다.

"간과 폐에까지 퍼져서 손을 쓸 수가 없어요. 괜히 환자 고생만 시킵니다."

수술이라도 시도해봐야 하지 않겠냐고 전화기를 붙들고 물었을 때 담당 의사는 말했다.

"육안으로 봐도 이미 황달이 와 있어요. 간성혼수도 왔구요. 섬망은 오래전에 시작되었을 겁니다."

의사의 육안이라는 말에 나는 전화기를 든 채 잠시 멍해졌다. 의사는 어머니를 가까이서 보고 있었고 나는 태평양 건너에서 의사의 설명을 들었다. 아무리 급작스런 진단이라 해도 의사가 믿는 것을 내가 부정할 수는 없었다.

"한 달입니다."

머뭇거리고 있는 사이 의사는 어머니의 남은 시간을 덤덤히 말했다. 매주 전화를 했지만 어머니의 병이 그리 깊어진 줄 몰랐다. 캐나다의 목요일 저녁 시간에 전화를 하면 한국의 어머니는 금요일 아침 식사를 끝내고 드라마를 보고 있었다. 드라마 속 인물들 중 누군가는 늘 울거나 소리를 질러서 어머니의 소리가 잘 안 들릴 때도 있었다. 근래에는 어머니가 내 말을 잘 알아듣지 못해 엉뚱한 대답을 하곤 했다. 나는 어머니의 청각에 문제가 생겼으리라 추측해 누나에게 보청기를 알아봐달라 부탁했다.

쓰러지기 사흘 전에도 어머니에게 전화를 했다. 어머니는 뜻밖에 집 앞 계단에 앉아 전화를 받았다.

"바다에 비치는 별이 좋다, 현택아."

어머니는 말했다. 그건 어머니의 평소 말투가 아니어서 조금 생경했다. 사흘 후 어머니가 쓰러진 곳도 집 앞 계단이었다. 어머니는 거기 앉아 바다를 보다가 잠시 졸았다고 병원에서 깨어나 말했다. 어머니는 낮부터 해가 어둑해질 때까지 한나절을 차가운 계단에 쓰러져 있다가 퇴근하는 옆집 남자에게 발견되었다. 거기서 어머니는 나를 기다리고 있었을 것이라고 누나는 말했다.

"폴, 미안하지만 어머니가 돌아가셨어."

나는 얼떨결에 미안하다고 말하며 입술을 깨물었다. 폴은 조의를 표했다. 나는 아직 마무리 짓지 못한 벽난로 프레임이 마음에 걸린다고 덧붙였다. 폴은 진심을 알 수 없는 다정한 말투로 걱정 말고 잘 다녀오라고 말했다. 언제 돌아올 거냐고는 묻지 않았다. 그게 잠시 불안했다.

폴과 통화를 끝내고 뜨거운 물에 샤워를 했다. 샤워를 하고 벗은 몸으로 락스와 세제를 풀어 화장실 청소를 했다. 화장실의 벽면 타일까지 꼼꼼히 솔질을 하고, 수건으로 물기를 없앴다. 그러는 사이 울음이 복받쳐 오면 샤워기를 틀어 그 아래 서 있었다.

날이 밝았지만 여전히 공항으로 나가기엔 너무 이른 시간이었다. 마당에 나가 꽃밭에 물을 주고 어머니가 심어두고 간 작약과 크레마티스를 보며 담배를 한 대 피워 물었다. 그사이 잠에서 깬 아내는 지난밤에 먹던 찌개를 데워 밥상을 차렸다. 쌍둥이들한테 전화할까? 아내가 물었다. 나는 고개를 저었다. 아이들은 둘 다 대학 기숙사에서 지내고 있었다. 나는 밥에 물을 부어 우적우적 씹었다. 아내는 공항으로 실어주겠다고 했지만 나는 시간이 너무 많이 남았다며 버스를 탔다. 공항에 도착했을 때 겨우 아침 아홉시였다.

*

"삼십이요. 삼십만 원은 받아야 해요. 비도 오고."

택시 기사는 손가락을 세 개 펴 보였다. 그제야 수중에 한국 돈이 없다는 것을 깨달았다. 다시 공항 안으로 들어가 환전을 할 엄두는 나지 않았다. 시간은 벌써 여섯시였고 날이 어둑해지고 있었다. 비까지 부슬부슬 내려 전조등을 켠 차들이 공항을 빠져나가지 못하고 멈춰 서 있었다. 쉬지 않고 달려도 열시는 되어야 도착할 수 있을 것이었다.

"미국 달러를 드려도 될까요? 삼백 불 드릴게요."

오 센티미터쯤 열린 조수석 창틈에 대고 소리쳤다. 기사는 의심 가득한 눈으로 나를 한번 올려다보더니, 선뜻 대답하지 못하고 머뭇거렸다. 머릿속으로 셈을 하는 모양이었다.

"오늘 환율이 천백 원이니 손해는 없을 겁니다."

나는 한 번 더 소리쳤다.

"오케이, 그럽시다."

기사는 크게 양보를 하듯 말했지만 트렁크를 열거나 짐을 들어주지는 않았다. 캐리어를 들고 뒷좌석에 올랐다. 창밖으로 방금 빠져나온 거대한 신축 공항을 한번 올려다보고는 의자에 기대어 눈을 감았다. 몸은 피곤했지만 잠이 들지는 않았다. 한참을 지나 눈을 떠보니 택시는 여전히 인천대교 위였다. 차는 느리게 움직였고, 가로등 불빛 속에서 비가 점점이 휘날렸다. 어제 이 시간 즈음 어머니가 돌아가셨을 것이다.

"도착했냐?"

누나의 전화였다.

"어찌 되어가고 있어요? 일할 사람도 없을 텐데."

장례는 상조회사에서 돕고 있다고 했다. 조문객들도 흉이 되지 않을 만큼은 있다고 했다.

"니 말대로 삼일장 하기로 했다. 진짜 괜안나? 니가 조문

받을 시간이 너무 없재."

누나의 목소리는 꽉 잠겨 있었다.

"입관은 끝냈어요?"

나는 창밖을 쏘아보며 말했다. 빠른 속도로 마주 오는 차들의 불빛이 어지러웠다.

"엔간하면 니가 오면 할까 했는데 내일 아침이 발인잉께 더 미랄 수가 없었다. 그래도 너거 식구들이 오면 봐야 항께…… 관 뚜껑을 완전히 닫지는 안 했꼬."

"혼자 왔어요. 집사람은 일을 해야 해서. 애들도 학기 중이라."

"그래도 왔시모 했는데. 할 수 음지. 어서 오니라. 니 친구들이 얼굴 보고 갈끼라꼬 기다리고 있다."

"친구라니요?"

"진규하고 정섭이하고 또 누구더라. 니 학교 동창들이 여럿 와 있다. 어제도 몇 명 왔더라."

"누나가 알렸어요?"

"아이다, 여기는 좁아터져서 일부러 알리지 않아도 반나절이면 다 안다. 병원에 방사선과 과장도 원무과 과장도 저거가 먼저 현택이 누야지요? 하고 대번에 알아보더라. 병원비 낼 때 돈도 깎아주고. 니 친구들이 이제 나이가 있으니까 제법 구석구석에서 한자리씩 안 하나. 니는 없지마는 니 그늘이 없다고는 몬하지."

얼굴조차 가물가물한 친구들이 나보다 먼저 어머니의 빈소에 와 있다는 사실이 불편했다. 할 수만 있다면 누구에게도 들키지 않고 몰래 다녀오고 싶었다.

"참, 현철이도 어제 내도록 있다 갔다. 그 아가 동창회장이라 카대."

"그 새끼가 왜요?"

누나의 입에서 현철이가 나왔다. 창밖에는 어느새 비가 그치고 달이 떠 있었다. 차가 산의 허리를 뚫은 몇 개의 터널을 통과하더니 덕유산도 지리산도 지나버린 것 같았다. 고향이 가까워지고 있었다.

전화를 끊고 캐리어에 어깨를 기댔다. 캐리어 속에는 검정 양복 한 벌과 티셔츠 몇 장, 구두 한 켤레가 전부였다. 캐리어에 엎드려 고개를 처박고 까무룩 잠이 들었다. 잠이 들면 캐리어의 어둠 속으로 끌려 들어가는 듯했다. 좁고 어두운 곳에서 숨이 턱 막혔다. 끌려 들어가지 않으려 눈을 떠보지만 곧 저절로 눈이 감겼다. 의식은 수면 속으로도, 밖으로도 가지 못하고 경계를 아슬아슬하게 떠다녔다. 붉었다가 검어지는 들판과 색색의 꽃들과 시끄러운 새소리와 끝이 보이지 않는 키 큰 나무 사이에서 때론 빠르게 때론 느리게 나는 빙글빙글 돌았다. 헉. 순간 몸이 아래로 곤두박질을 쳤다. 깜짝 놀라 눈을 떴다. 룸미러 속에서 기사와 눈이 부딪혔다.

"전화 왔어요, 아저씨."

기사가 말했다. 주머니 속에서 전화벨이 울리고 있었다. 캐나다에 있는 아내였다.

*

장례식장의 푸른 간판이 눈에 들어왔다. 택시는 한 번도 쉬지 않고 네 시간을 내리 달려 정확히 열시에 도착을 했다. 나는 미화 삼백 불에 이십 불짜리 지폐를 하나 더 얹어 기사에게 건넸다. 기사는 주차장에 차를 세우고, 나를 앞질러 화장실로 뛰어 들어갔다. 입구 쪽 화단 옆에 모여 담배를 피우던 한 무리의 남자들이 택시에서 내리는 나에게 눈길을 주었다. 나도 무심코 그들을 쳐다보았다. 무리 중 누군가 알은척을 했다.

"어이, 박현택. 현택이 맞재."

사내들이 우르르 다가와 손을 내밀고 내 어깨를 잡아 흔들었다.

"이기 얼마 만이고? 야, 진짜 반갑다."

나도 친구들의 손을 잡았다.

"현택아, 니 여기서 이러고 있으모 안 된다. 얼른 올라가서 어머니부터 뵈어라. 그게 법에 맞다. 너거들 좀 비키라."

목소리 큰 누군가 등을 떠밀었다. 모두 어색하게 웃음을 거두었다. 친구들이 터준 길을 따라 캐리어를 끌고 장례식장 안으로 들어갔다. 복도를 가득 메운 조화 끝에서 검정 상복을 입은 사람이 달려 나왔다. 현택아, 우리 택아. 울음을 터트리며 내 이름을 불렀다. 늙은 누나의 모습이 어머니와 꼭 닮아 흠칫 걸음을 멈췄다.

어머니는 관 속에 반듯하게 누워 있었다. 푸른 낯빛에 눈을 감고 입에 솜을 반쯤 문 어머니의 몸은 삼베옷에 싸여 있었다. 뼈와 피부만 남아 오래전에 이미 죽어버린 미라 같은 몸을 보자 어머니가 얼마나 아팠을지 비로소 실감이 났다. 장의사는 관 두껑을 반쯤 열어두고 작별 인사를 나누라며 문밖으로 나갔다. 한 덩어리로 꽁꽁 묶인 어머니의 낯선 몸. 나는 손을 뻗어 어머니의 뺨을 만져보았다. 뭉툭 잘려나간 두 개의 손가락이 어머니의 얼굴에 닿았다. 어머니의 얼굴이 얼음처럼 차가왔다. 다시는 뜨거워질 수 없는 어머니의 몸 위로 눈물이 뚝뚝 떨어져 내렸다.

오 년 전 어머니는 처음으로 밴쿠버 내 집으로 왔다. 십오 년 넘게 월세방을 전전하다가 주택융자를 받아 시 외곽에 집을 장만한 직후였다. 작고 소박한 단층집이었지만 어머니는 그 집을 좋아했다. 해가 뜨면 손바닥만 한 잔디밭에 나가 잡초를 뽑고 또 뽑았다. 시내 관광도 로키산맥도 싫다며 내내 집 안에 박혀 일만 했다. 어느 날은 꽃시장에 가보고 싶다고 했다. 동네 꽃시장을 다녀온 어머니는 마당 한쪽 귀퉁이에 흙을 돋우어 달리아와 베고니아와 작약과 크레마티스를 심었다. 아침저녁으로 꽃밭과 잔디에 물을 주었다. 걸레를 들고 집 안팎을 후비고 다니며 쓸고 닦았다. 찬장 깊이 넣어둔 냄비까지 꺼내 수세미로 빡빡 문질렀다. 아내는 어머니를 말려도 소용이 없자 눈살을 찌푸렸다.

어머니의 그런 모습은 낯설었다. 굴 공장에 다니던 어머니는 점심시간이 되면 종종걸음으로 집에 와서 미리 만들어둔 퉁퉁 분 국수를 서서 후루루 마셨다. 빈 그릇을 씻을 새도 없이 오후 일을 위해 다시 공장으로 뛰어가곤 했다. 반찬은 늘 플라스틱 통 그대로 상 위에 올랐다. 꽃나무 한 그루 집에 두고 키우는 걸 본 적 없었다. 어머니에게 가정은 일터로 나가기 위해 잠시 몸을 누이는 동굴이었다. 해가 지면 일터에서 돌아온 어머니는 그곳에서 술을 마시고 쓰러져 잤다.

늦은 밤 학교에서 돌아오면, 어머니는 냉장 창고에서 입던 옷을 무덤처럼 벗어두고 잠들어 있었다. 어떻게 그 작은 몸으로 그리 많은 옷을 입고 있었는지 신기했다. 소반 위에는 빈 막걸리 병과 먹다 남은 굴전이 프라이팬째 놓여 있었다. 나는 그것이 공장에서 훔쳐온 굴일지도 모른다는 생각을 했다. 건넛방 폐병에 걸린 주인 남자의 기침 소리가 밤늦게까지 들렸다. 끈질긴 기침 끝에 켁, 켁 가래를 뱉는 소리가 들리면 가래가 내 몸에 달라붙는 것 같아 손으로 팔을 쓸어내곤 했다. 기침이 잦아들면 병든 남자가 꼽추 아내를 건드리는 가픈 숨소리가 섞여들기도 했다. 나는 배설물이 고스란히 보이는 더러운 화장실에 앉아 그 소리를 들었다. 그곳은 나에게도 숨을 곳이 없는 동굴이었다.

캐나다에서부터 끌고 온 검정 양복 대신 상조회사에서 대여한 상복으로 갈아입었다. 고무줄이 달린 넥타이를 매고 검정 양말로 갈아 신었다. 차가운 물로 세수를 했다. 매형 옆에 서서 띄엄띄엄 오는 늦은 조문객의 손을 맞잡고 그들의 위로를 받고 감사를 전했다. 낯은 익었지만 이름은 가물가물한 동창생 몇 명이 더 와서 어머니 앞에 절을 했다. 고마운 일이었지만 한편으로는 갚지 못할 빚을 얻는 것처럼 거북했다. 열두시가 다가오자 그나마 오던 조문객도 끊겼다. 술을 마시며 웃고 떠드는 친구들의 목소리가 조문객실에서 간간이 들려왔다. 오도카니 어머니의 영정 앞에 앉았다. 영정 속의 어머니는 이 사진을 찍기 위해 머리도 만지고 화장도 했다. 평소에는 본 적이 없는 고운 모습이었다. 그래도 사진 속의 어머니는 관 속에 누운 어머니보다는 더 어머니 같았다.

건너편 줄지어 선 조화들 사이에서 현철의 이름을 발견했다. 화성수산 사장 백현철. 현철이 아버지의 멍게 양식장을 물려받아 사업을 키웠다는 이야기는 이민 가기 전부터 들어왔다. 꽃게잡이와 장어통발까지 사업을 확장했다는 말도 들었다. 원하지 않아도 늘 누군가는 현철의 소식을 물어다 줬다.

고등학교 이학년 여름방학을 며칠 앞둔 날이었다. 어머니가 교실 안으로 고개를 들이밀며 내 이름을 불렀다. 도시락으로 저녁을 먹고, 야간자율학습을 시작한 지 얼마 되지 않았을 시간이었다. 어머니의 얼굴이 퉁퉁 부어 있었다. 화가 나 있는 것도 같았다. 다짜고짜 내 손을 잡아끌고 운동장을 가로질러 교문 앞으로 갔다. 해가 기울었고 깜깜해지기 직전의 하늘은 붉었다. 약도가 그려진 종이 한 장을 손에 쥐여주었다.

"아무 소리 하지 말고 가서 절이나 하고 온나."

어머니는 더워 풀어헤친 내 교복 단추를 끝까지 채우고, 바지의 먼지를 툴툴 털어냈다. 조문하는 법을 설명하다가 숨을 길게 내쉬었다.

"꼭 가야 해요?"

어머니의 눈물은 나의 불안을 건드렸다. 거기가 어디든 가고 싶지 않았다.

"니가 절이라도 하고 보내드리야 되는 어른이다. 안 갈 수는 없다."

주소를 들고 찾아간 곳은 중앙시장 옆으로 새로 지은 이층 양옥집이었다. 대문이 활짝 열린 채 밝은 등이 여러 개 매달려 있었고, 마당 천막 아래 조문객들이 먹고 마시고 떠들었다. 마당 한쪽 장작불 위 커다란 솥에서 뜨거운 것이 끓고 있었다. 초여름이었지만 삼복처럼 더웠다. 누군가는 삶아낸 돼지고기를 썰고 누군가는 그것을 손님상으로 날랐다.

"드가라. 현철이 친군갑지."

음식을 나르던 아줌마가 말했다. 나는 빈소가 차려진 대청마루로 올라섰다. 그곳에서 두건에 삼베 두루마기를 입고 지팡이를 짚고 서 있는 현철을 보았다. 같은 반을 한 적은 없지만 얼굴은 알았다. 백일장대회에서는 나란히 강단에 올라 상을 받기도 했다. 현철이 고개를 들어 나를 쏘아보았다. 나는 허겁지겁 향을 피우고 절을 했다. 빨리 이곳을 빠져나가고 싶은 마음뿐이었다.

"여기가 오데라꼬 와! 니가 왜 여기서 절을 해?"

두번째 절을 하고 일어설 때 누군가 나의 뒷덜미를 잡았다.

"장모님 이러지 마세요. 제가 보낼게요."

젊은 남자가 내 손목을 잡아끌었다. 사람들이 초상집의 기이한 소동을 구경하기 위해 모여들었다. 현관에는 수십 켤레의 신발이 어지럽게 놓여 있었고 내 신발은 보이지 않았다.

"아버지 마지막 가는 길에 인사하러 온 모양인데 너무 야박하이 그라지 마소."

술이 거나하게 취해 소동을 구경하던 노인이 말했다. 그 소리는 현철 어머니의 분노에 기름을 끼얹었다.

"아버지라니, 당치도 않소. 누구 씨앗인지도 모르는 잡놈을. 술이나 따르던 근본 없는 년 말을 어찌 믿으라꼬. 무신 떡고물이라도 얻어묵을까 싶어 그 영악한 여편네가 지 새끼를 염탐 보낸 기지. 아이고 어림없다."

나는 현철의 집에서 쫓겨나와 강구안을 지나 해안선을 따라 뛰듯 걸었다. 신발이 벗겨진 발밑으로 작은 돌멩이가 고스란히 밟혔다. 학교로도 집으로도 돌아갈 수 없었다. 시내를 끝에서 끝까지 걸어도 도시는 너무 작았다. 해저터널 속으로 걸어 들어갔다. 콘크리트 틈새로 들어온 바닷물에 양말이 질척하게 젖었다. 구름다리로 올라가 난간에 기대섰다. 바다를 실은 무거운 바람이 몸에 척척 달라붙었다. 검푸른 바다가 발 아래서 일렁였다. 멀리 시내의 불빛들이 남의 일처럼 반짝였다. 내가 걸어온 도시를 되짚어 바라보았다. 육지와 섬이 마주 보는 양쪽 해안도로엔 노란 나트륨등이 줄 맞춰 켜져 있었다. 그 사이 바닷물이 거칠게 소용돌이쳤다. 불빛이 바다 위에서 흐르듯 흔들렸다.

호적상 나는 외삼촌의 아들이었고, 누나와는 성이 달랐다. 그 이유가 궁금하지 않은 것은 아니었다. 막연히 어디 아버지가 있으리라 생각했지만, 죽었대도 상관없었다. 나에게 아버지는 수건을 이마에 두르고 자리에 누워 며칠이고 끙끙 앓는 어머니의 신열 같은 존재였다. 간혹 폭풍처럼 몰아쳤지만 한차례 지나가고 나면 한동안은 아무렇지 않았다. 아버지가 나를 찾는 날이 올 수도 있고 오지 않을 수도 있지만 내가 먼저 아버지를 찾는 일은 절대 없을 것이라고 나는 막연히 다짐했다. 그 정도가 내가 세상에 할 수 있는 보복의 전부였다.

걷다보니 어느새 미륵산 아래였다. 나무와 달빛, 푸른 하늘과 검은 산의 실루엣, 산발적인 기억들. 정말 내 것인가 싶은 기억들이 순서 없이 뒤엉켰다. 뭔가를 알고 있는 듯한 눈길로 시종 나를 쏘아보던 현철이보다, 미친 여자처럼 패악을 부리던 현철의 어머니보다, 죄인처럼 나를 끌어내던 현철의 매형들보다, 더 이해가 되지 않는 사람은 어머니였다. 평생 한 번도 아버지였던 적이 없던 사람이었다. 나에게 자식으로서의 애도를 바랐다면 그것은 어머니의 이기심이었다. 정말 어머니는 내가 콩고물이라도 얻어오기를 바랐던 걸까. 나의 존재를 깃발처럼 흔들며 그들에게 충격을 주고 싶었던 것일까. 그런 욕망이라면 차라리 이해가 쉬웠을지도 몰랐다. 아버지의 죽음은 내게 어떤 상실감도 주지 못했다. 애당초 부재했던 것에 상실이 있을 수 없는 것이었다. 하지만 나는 그 이전의 내가 될 수 없었다. 그날 그 일은 아무도 의도하지 않았다 해도 나에게는 벗어날 수 없는 사건이고 사고였다.

누나가 국밥과 먹을거리를 챙겨 나를 상주 휴게실로 불렀다. 누나 뒤로 어린 남자아이 둘이 쪼르르 따라 들어왔다. 누나의 손자들이었다.

"일단 좀 묵어라."

누나는 상을 내려놓고 소파에 앉아 아이들을 양팔로 끌어안았다. 어머니는 내 아이들을 저렇게 안아보지 못했다. 누나는 아이들의 뺨에 연신 뽀뽀를 해댔고 아이들은 까르르 웃으며 고개를 흔들었다. 아내는 지금쯤 두 아들에게 할머니의 죽음을 알렸을까. 아이들은 겨우 한 달 할머니와 함께 지낸 게 기억의 전부일 것이다. 어머니가 와 계실 때 아이들은 한창 입시 준비에 바빴다. 서너 번 시간을 만들어 함께 밥을 먹긴 했지만 영어를 모르는 어머니와 한국말을 모르는 아이들의 시간은 억지스러웠다.

어머니가 캐나다에서 지내는 동안 나는 어떡하든 어머니와 관계를 회복하고 싶었다. 새벽녘 눈을 뜨면 아침잠이 많은 아내가 일어나기 전에 어머니 방으로 가서 옆에 나란히 누워보곤 했다. 어색함을 무릅쓰고 손을 잡아보기도 했다. 어머니는 나의 원망과 설움을 받아내기에 너무 늙고 약한 사람이 되어버렸다. 이제 와 남아 있는 찌꺼기가 무엇이든 간에 그것은 어머니의 것이 아니라 내 것이라야 옳았다. 어느 날은 식구들 모두 잠든 밤에 맥주잔을 기울이며 어머니랑 술을 마셨다. 맥주 두 잔에 어머니의 얼굴에는 취기가 돌았다.

"어찌나 여자가 드센지 청산가리를 앞에 놓고 둘 중에 하나를 택해라 했다 카대. 니를 호적에 올리모 지가 낳은 자식들이랑 약 묵고 확 죽어버릴 끼라고. 아이고 독해서, 말도 몬하게 독해가꼬, 그라고도 남을 여자지. 현철이 위로 딸이 줄줄이 넷이나 되니, 너거 아버지도 어쩔 수가 없었을 끼다. 좁은 지역에서 체면도 생각 안 할 수가 없었을 끼고."

아들을 낳으면 호적에 올려준다고 아버지는 약속을 했다

한다. 백현택. 작명소에서 이름을 받아오던 날 아버지는 먹을 풀어 한자로 이름을 적었다. 그러나 내가 태어나고 두 달 뒤에 시샘하듯 본처도 아들을 낳았다. 나는 어머니의 성을 따라 박현택으로 평생을 살았지만, 어머니는 백현택이 적힌 그 종이를 목숨처럼 지니고 있었다. 그 종이가 있는 한 언젠가는 내가 백현택으로 살 수 있으리라고 어머니는 정말로 믿었던 것처럼 보였다.

"왜 꼭 거기서 살아야 했나요? 우리는 거들떠보지도 않는 사람 옆에서요. 나만 모르고 온 동네가 다 알았는데, 사람들 손가락질이 싫지도 않았어요?"

나는 어머니에 대한 원망을 드러내지 않으려 애를 쓰며 말했다.

"거기서 키워야 너거 아버지가 니를 잊지 않을 끼라고, 손가락질하고 뒷말하는 그 사람들이 나중엔 결국 니 증인이 돼줄 끼라꼬 생각했다. 어짜면 사람들이 더 떠들어주기를 바랬는지도 모리겠다. 명색이 니가 장남인데, 그 집안의 장남인데 도망을 우찌 가겠노. 아버지가 그리 갑자기 저세상으로 가지만 안 했어도 니를 못 본 체는 안 했을 끼다."

나는 가만히 누워 고향의 시간을 생각했다. 어머니는 무슨 수를 써서라도 붙어 살고 싶어 했고, 나는 어떡하든 벗어나고 싶었던 곳.

"나는 후회는 음따."

어머니는 묻지도 않은 말을 덧붙였다. 그 말은 행복했다는 말처럼 터무니없었지만 나는 아무 대꾸도 하지 않고 어머니의 손을 보았다. 어머니는 마디가 툭 불거져 나와 옹이 박힌 나뭇가지 같은 그 손을 한시도 가만두지 못하고 서로 비비고 맞잡고 주무르고 있었다.

다음 날은 어머니가 한국으로 돌아가는 날이었다. 어머니는 짐을 다 꾸리고 뒷마당을 한 바퀴 둘러보았다. 마지막으로 꽃에 물을 주고 작약의 분홍 꽃잎을 만지작거리며 한동안 그 옆에 서 있더니 내 이름을 불렀다.

"현택아. 그 여편네도 니 이민 가자마자 죽었다."

"누구요?"

"현철이 엄마 말이다. 죽기 전에 내가 병원으로 한번 찾아갔었다. 그냥 가보고 싶더라. 그리 유세를 떨던 그 꼬라지라도 한번 볼라꼬. 볼품없이 말라서 죽을 날 기다리는 걸 막상 보니까 지나 나나 불쌍터라. 내가 니를 그 집 호적에 올려달라꼬 여러 번 찾아가서 머리채도 잡히고 그랬다이가. 지도 지 새끼들, 그 재산 지킬라꼬 오죽했것나 싶고. 나는 그냥 니한테 지대로 된 성이라도 찾아주고 싶었는데 그 여편네는 끝까지 그게 재산 탐내는 걸로 들렸는 갑더라."

"참 엄마는 속도 좋소."

"그래서 하는 말인데 다음에 한국 나오면 현철이 한번 만나봐라. 갸가 제법 사업이 크다. 니가 요서 그리 혈혈단신 사는 것도 짠하고. 그래도 너거는 형제 아이가. 피가 반이나 섞인는데 남보다야 낫지 않겠나."

"무슨 소리예요? 왜 내가 그놈이랑 형제입니까? 아버지가 없는 놈이 형제가 어디 있어요."

나는 결국 뾰족한 심기를 드러내고 말았다. 현철의 집에서 쫓겨나온 그 며칠 후, 현철은 학교 건너편 토마토 밭으로 나를 불러냈다. 나란히 서니 현철의 키가 나보다 한 뼘이나 더 컸다. 검고 칙칙한 나와는 달리 현철은 얼굴도 희멀쑥했다.

"니 딱 씨부리고 댕기모 나한테 죽는다."

현철이 별 위협적이지도 않은 목소리로 말했다. 현철에게는 어떤 원망도 일지 않았다. 단지 민망하고 부끄러워 그 자리를 떠나고 싶은 생각뿐이었다. 현철도 나도 그다음 말을 잇지 못하고 한동안 어색하게 서 있었다.

"나 인자 가도 되나?"

내가 현철에게 한 말은 그것뿐이었다. 현철이 대답 대신 먼저 자리를 떴다. 나도 현철의 뒷모습을 보며 학교로 돌아왔다.

어머니는 언제 또 보겠냐며 공항에서 한바탕 소리 내어 울다가 쌍둥이들에게 주라며 한국 돈 백만 원을 꺼냈다. 안 받는다고 손사래를 쳤지만 어머니는 돈을 바닥에 내던지고 출국장으로 걸어 나갔다. 이제 애들도 다 컸고 형편도 나아졌으니 곧 찾아뵐게요! 어머니의 등에 대고 나는 큰 소리로 말했다. 하지만 그게 마지막이었다.

어머니가 한국으로 돌아간 지 채 이 년이 되지 않아 테이블톱 사고가 났다. 톱 아래로 미끄러져 들어간 손가락 세 개중 하나는 철심을 박아 이어 붙였지만 두 개는 살리지 못했다. 나는 손가락이 아물기도 전에 어머니는 물론 한국의 누구에게도 손가락에 대해 알리지 말아달라고 아내에게 당부했다. 아무도 모르면 견딜 수 있을 것 같았기 때문이었다.

"현택이 한잔 받아라."

중학교 때 꽤 친했던 정섭이였다. 나는 정섭의 어깨에 손을 올렸다. 어머니를 잃은 슬픔과는 별개로 고향 친구들을 만나니 반갑기도 했다. 때론 녀석들의 농담에 소리 내어 웃다가 상주라는 것을 잊기도 했다. 친구들과 악수를 나눌 때, 오른손을 따라 왼손이 나가다 멈추었다. 이제 왼손은 언제나 주먹이 쥐어져 있었다. 마디가 하나씩 남은 두 개의 손가락은 주먹을 쥘 때는 표시 나지 않았다. 손을 펴면 네 개의 마디가 비어 허술했다. 빈 공간 사이로 동전이 떨어졌고, 못이 흘렀고, 세숫물이 빠져나갔다.

"캐나다는 살기가 좋다매?"

소주가 한잔 들어가자 속이 뜨끈해졌다.

"소문 듣자 하니 니 거기서 성공했다 카더라. 집도 큰 거 사고, 차도 좋은 거 타고 다닌다 카던데."

나는 긍정도 부정도 하지 않고 빙그레 웃었다.

"니 인자 영어는 우리말같이 하겠다. 학교 다닐 때도 공부 잘했다 아이가. 우리 엄마가 니 학교 좋은 데 갔다고 대단타꼬 얼마나 그랬노."

고등학교 때 국사 선생님 아들이었던 석이 말했다.

"쥐뿔도 없는 놈이 대학 간 게 신기했겠지."

나는 술잔을 바라보며 말했다. 석이 아버지는 자율학습을 빼먹었다고 내 뺨을 수십 대를 때렸던 악명 높은 학생주임이기도 했다. 그때 뺨은 빈틈없이 검푸른 멍이 들었다. 어머니는 멍에 달걀을 문질러주면서도 학교로 찾아가 따질 엄두를 내지는 못했다. 어쩌면 그때 어머니와 나는 서로 말하지는 않았지만 같은 생각을 하고 있었을 것이었다.

"자식이 예나 지금이나 삐딱시럽기는."

목구멍으로 뜨거운 것이 밀려 올라왔지만 나는 대꾸하지 않았다. 서울에서 반차를 내고 내려왔다는 석에게 화를 내고 싶지는 않았다.

"현택이 니 요새도 시 쓰나? 옛날에 시도 잘 쓰고 그랬다이가. 교지에 나온 시 그거, 뭐더노. 밤바다가 어쩌고저쩌고 했던 거 말이다. 뭐꼬 그거? 바다의 밤이었나, 밤의 바다였나. 크, 그거 진짜 멋있었다이가. 그거 그때 니가 짝사랑하던 그 아 생각해서 쓴 기재? 맞재?"

고향에 남아 있는 기억들은 집요했다.

"현택이가 그때 좋아했던 아가 경숙이였다. 경숙이."

"경숙이? 삼천포 쥐포공장에 시집간 그 경숙이 말하나?"

"야, 그 아 이혼하고 요 시내서 노래방 차렸다."

"옛날 인물 하나도 없더라. 참 이뿌더마는. 그래도 현택이니 함 만나볼래?"

"아이가, 야들이 부모 초상 치로 온 상주한테 몬하는 말이 없노, 너그들은."

옆에서 듣고 있던 누나가 끼어들었다.

"아이고, 누님 한잔하이소."

친구들의 이야기를 흘려들으며 그들이 권하는 잔을 피하지 않고 받아 마셨다. 친구들의 잔이 비면 부지런히 소주를 따랐다. 비릿한 바다 냄새가 열어둔 창으로 들어왔다.

친구들을 보내고 담배 생각이 나 장례식장을 빠져나왔다. 초여름 밤바람이 시원했다. 어디선가 갈매기가 우는 소리가 들렸다. 새터시장 쪽으로 걸어갔다. 텅 빈 시장통을 가로질러 여객선 터미널 담벼락에 기대 담배를 한 대 피웠다. 거리에는 차도 사람도 거의 없었다. 나는 해안도로를 따라 걸었다. 장례식장이라고 쓰인 싸구려 슬리퍼를 신고 있었지만 좀 더 걷기로 했다. 해안도로에는 데크가 깔려 있어 슬리퍼를 신고도 불편하지 않았다. 가로등에 달린 스피커에서 음악이 흘러나왔다. 스피커는 다가가면 자동으로 켜졌다가 멀어지면 꺼졌다. 맞은편 섬의 불빛들이 여전히 바다 위에서 일렁였다. 봄 바다와 여름의 섬들, 가을의 하늘과 겨울의 시린 공기까지도 어느 하나 그립지 않은 것이 없었다. 그 바다를 선명하게 떠올리고 싶어 일부러 눈을 감아본 적도 많았다.

일이 안 풀릴 때는 고달파서 와서 드러눕고 싶었다. 일이 잘 풀릴 때는 제일 먼저 자랑하고 싶어서 어깨가 들썩거렸다. 하지만 나는 돌아오지 않았다. 동굴 속에서 나를 키운 어머니가 있어서도, 한 번도 내 이름을 불러주지 않았던 아버지가 있어서도 아니었다. 그 모든 것을 목격하고 무수히 해석하고 기억하며, 망각을 허락하지 않는 이곳에서 나는 나로 살 수 없을 것 같았다. 그들의 머릿속에서 이미 규정 지어진 내 팔자를 견딜 수가 없을 것 같았다. 내 발로 떠났지만 쫓겨난 기분이 들지 않은 것은 아니었다. 대상도 없는 분기는 허무하고 쓸쓸했지만 어쩌면 그 힘으로 살아진 것도 같았다.

걷다보니 어느새 해저터널이었다. 기억 속의 것보다 훨씬 작았지만 외관은 깔끔하게 정비되어 있었다. 갈라진 콘크리트 틈새로 끊임없이 밀려들던 바닷물은 이제 더 이상 없었다. 바닥은 물기 없이 말끔했고 조명은 은은했다. 통영을 거쳐 간 문인과 화가의 사진들이 그들의 업적과 함께 벽에 붙어 있었다. 그 옆으로 해저터널 공사 과정을 찍은 사진들도 있었다. 바다 아래로 터널을 팠으리라 생각했지만, 그게 아니었다. 양쪽의 바다를 막고 바닥을 파내 터널의 형태를 잡은 후, 터널 위로 흙을 덮고, 둑을 풀어 바닷길을 만들었다는 것을 처음 알았다. 터널 끝에 다다르자 오래전에 있던 파출소가 출장소라는 이름을 걸고 그대로 있었다. 그 옆 언덕 어디쯤 병원으로 실려 가기 전 어머니가 살았다는 집이 있을 것이었다. 계단에 앉으면 바다가 보인다는 집이 어디쯤일까. 나는 이리저리 짐작을 해보다가 그 앞에 쪼그리고 앉아 담배에 불을 붙였다.

*

현철이 빈소에 나타난 것은 새벽 두시쯤이었다. 현철은 어머니의 영정 앞에 오래 엎드려 있었다. 나는 묵묵히 현철의 등을 바라보았다. 현철의 건장하던 몸피는 골고루 작아졌고 등은 굽어 있었다. 성긴 머리카락이 희끗했다. 현철이 절을 올린 후에 나에게로 다가와 손을 잡았다. 어디서 전작이 있었는지 그의 입에서는 독한 술 냄새가 났다. 수만 가지 생각이 모아졌다 흩어졌다.

"온다꼬 욕봤재."

현철이 말했다. 소용돌이조차 일지 않는 오랜 감정이 짧게 스쳤다. 서 있기 힘들 만큼 피로가 몰려왔다. 빨리 쉬고 싶다는 생각뿐이었다. 현철을 보내고 멍하니 어머니의 영정을 바라보다가, 벽에 기대앉은 채로 얼핏 잠이 들었다.

"현택아, 자나. 방에 들어가서 좀 자라."

"아니요. 괜찮아요, 누나."

누나는 나와 조금 떨어져 벽에 기대앉았다. 사방이 조용했다. 옆 장례식장에서도 더 이상 곡소리는 들리지 않았다. 멀리서 어선의 고동 소리만 간간이 들렸다.

"날 밝으면 아홉시에 발인하고, 바로 화장장에 간다. 알재."

"네, 알아요. 엄마는 늘 화장시켜 달랬잖아요."

"화장하면 그냥 바다에 뿌려달란다. 그리하자."

"네. 제가 한줌만 가져갈게요. 거기 우리 애들도 있고. 너무 서운하니까……"

잠이 몰려와 말하기가 힘들었다.

"현택아. 현철이 말이다. 그 아가 엄마한테 참 잘했다. 니 알고 있었나? 몰랐재."

"네, 네."

누나의 말이 꿈결처럼 아득히 멀어졌다.

"니 이민 가고, 저거 엄마 돌아가시고 찾아왔더라. 어무이처럼 모시고 싶다꼬. 현택이를 이 땅에 못 살게 만든 건 지 탓도 있을 끼라꼬. 지를 현택이처럼 생각하라꼬. 처음에는 펄펄 뛰던 엄마도 나중에는 제법 잘 지냈다. 어무이, 어무이 하면서, 명절 때나 어버이날이나 계절 바뀔 때마다 생선이고 뭐고 표 안 나게 많이 챙겼다……"

누나의 소곤거리는 목소리가 자장가같이 달콤했다. 나는 바닥에 쓰러져 양팔을 벌리고 누웠다. 누나는 수건을 돌돌 말아 머리 밑에 받쳐주었다. 택아, 주먹 좀 펴고 자라. 자면서도 그리 주먹을 쥐고 자노. 누군가가 손을 만지작거린다고 생각했지만 그것이 어머니인지 누나인지, 꿈인지 생시인지, 나는 도무지 알 수 없었다.

국경의 숲

국경의 검은 숲에는 오직 들짐승뿐이다. 들짐승은 밤이면 더 밝아진 눈으로 국경의 숲을 제집처럼 넘나든다. 이끼 낀 바닥도 네발짐승에게는 방해가 되지 않는다. 새끼를 밴 어미 곰이 어슬렁거리며 주린 배를 채우고, 너구리가 들쥐를 입에 물고 뛴다. 늑대가 구름 뒤의 달을 보고 우짖는다. 약한 짐승들이 굴을 파고 숨어든다. 국경의 숲에는 달빛이 없다.

*

슥, 슥, 슥 아이가 제 몸을 긁어대는 소리가 섬뜩하게 잠을 갈랐다. 레이첼은 손을 뻗어 아이의 몸을 더듬었다. 아이의 손가락이 다른 팔의 오금에서 잡혔다. 작고 여린 손톱 끝에는 살이라도 파고들 것 같은 독기가 서려 있었다. 레이첼은 아이의 손목을 힘주어 잡았다. 아이의 손가락이 허공에서 버둥거렸다. 두 동강 난 잠 사이로 짜증이 치밀어 올랐다. 팔을 뻗어 스탠드를 켰다. 아이의 목에 발진이 소름처럼 돋아나 있었다. 그 위로 진물이 진득했다. 스탠드 옆의 연고를 집어 들었다. 연고는 아랫부분부터 알뜰하게 짜 올려 똬리처럼 돌돌 말려 있었다. 엄지와 검지로 튜브 끝을 꾹 눌렀다. 튜브 구멍에 겨우 콩알만큼 연고가 모였다. 새 연고를 처방 받아야겠다고 생각하다 오늘이 크리스마스이브라는 것을 떠올렸다. 내일부터 새해 첫날까지 홀리데이 시즌이니 병원은 오늘 문을 닫을지도 몰랐다.

아이는 목을 가누는 것보다 제 몸을 긁는 것을 먼저 배웠다. 생후 두 달 즈음이었다. 레이첼은 아이의 손톱을 짧게 자르고 손에 양말을 끼웠다. 아이는 어떻게든 양말을 벗겨내고 손톱을 세웠다. 얼굴이 닿는 곳이라면 어디든 제 얼굴을 문질러댔다. 발진은 긁기 시작하면 걷잡을 수 없이 번져 아이의 작은 몸을 붉게 물들였다. 레이첼은 아침에 일어나면 베개와 침대 패드에 묻어난 핏자국을 손으로 비벼 씻어냈다. 부작용이 무섭다는 스테로이드 연고는 다행인지 불행인지 바르면 즉시 효과가 있었다. 연고와 발진은 아이의 몸을 번갈아 드나들었다.

아이가 다시 잠든 것을 보고 스탠드를 껐다. 3:00. 디지털 시계의 빨간 숫자가 어둠 속에서 떠다녔다. 아이를 맡기는 데이케어 센터는 오늘부터 휴가지만 가게는 기어이 오늘 문을 열기로 했다. 출근까지는 겨우 두 시간이 남았다. 잠을 더 자두어야 했다.

"밥 먹으러 오는 사람이 몇이나 될까요? 내일이 크리스마스인데."

아이를 맡길 데도 마땅치 않았지만 주인 남자의 끈덕진 성실이 더 보기 싫었다.

"그래도 손님이 올지 모르는데 문을 닫으면 안 되지."

"아이 데이케어 센터도 문을 닫아요."

그래봤자 재료비도 못 챙길 거라는 말 대신 겨우 그 말을 꺼냈다.

"데리고 와. 몇 시간인데 뭐. 내가 봐줄게. 레이첼 없으면 가게를 어떻게 열어. 난 주문도 못 받는걸."

그는 고집을 꺾지 않았고 레이첼은 달리 할 말이 없어졌다. 그는 하루하루 성실히 살다보면 좋은 날이 올 거라 믿는 사람이었다. 순진해서가 아니라, 그것밖에 믿을 게 없기 때문일 것이었다. 그 생각을 하니 이어질 듯했던 잠이 다시 달아났다. 레이첼은 잠든 아이를 품에 당겨 안고 눈을 꼭 감았다. 난방이 들어오는지 바닥의 나무판이, 벽들이 쩍쩍 소리를 내며 갈라졌다.

*

"약은 가려움이 시작될 때 바르는 것이 효과적이야. 긁어 상처가 난 후에는 보호막이 손상되어 약이 잘 안 들어."

승우는 긴 병을 앓다가 스스로 전문가가 된 사람처럼 단호하게 말했다. 가벼운 여행에나 들고 다닐 만한 초록색 백팩이 그의 짐의 전부였다. 승우는 거기서 한 주머니의 스테로이드제 연고를 꺼내놓고 침대에 엎드렸다.

"이러고 평생을 살았던 거야? 어떻게 이러고 살아?"

"이 년 전에 갑자기. 삼십 년을 몸속에 숨어 있다가 서른이 된 해에 나온 거지."

"왜 갑자기? 무슨 일이 있었어?"

알몸의 그를 내려다보며 레이첼은 물었다. 승우는 손을 뻗어 레이첼의 머리카락을 쓸어 넘겼다.

"다시 엎드려요. 약 발라야지."

승우의 등은 불그레한 발진에도 불구하고 아름답고 강해 보였다. 레이첼은 그의 등을 쓸어내렸다. 겹쳐지는 부위에는 지도의 경계선처럼 발진이 더 선명했다. 얼굴과 몸통 사이, 손과 팔의 경계, 팔과 다리의 오금, 겨드랑이. 레이첼은 약을 꼼꼼히 바르고 그와 얼굴을 마주하고 누웠다.

"가야 해? 가지 마."

그에게 말했다. 그는 대답 대신 레이첼의 브래지어를 풀었다. 승우의 등은 연고와 땀으로 끈적거렸다. 승우는 레이첼을 자신의 가슴에 바짝 당겨 안고 다리를 감았다. 레이첼의 이마에 입술을 댔다. 그와 레이첼 몸 사이에 어떤 틈도 허락하지 않겠다는 것 같기도 했고, 이별을 예고하는 듯도 했다. 승우의 손길은 섬세했다. 레이첼은 그의 손길이 닿은 곳마다 스스로에게조차 낯선 감각들이 고스란히 곤두서는 듯했다. 레이첼은 황홀했고 또 그만치 서러웠다.

잠든 그의 등에 손을 올려놓은 채, 엎드려 그를 바라보았다. 초여름 밤바람이 살랑살랑 창을 넘나들고 아카시아의 꽃향기가 스테로이드 연고 냄새와 섞였다. 레이첼은 까무룩 잠이 들다가 침대 위로 툭 떨어지는 자신의 손에 놀라 눈을 뜨고, 승우가 옆에 있는 것을 확인했다. 아토피가 아니었으면 이 먼 나라까지 오지 않았을 것이라고 승우는 말했다. 늦게 발병한 아토피는 승우의 일상을 흔들었다. 어느 밤에는 도저히 가려움을 참을 수가 없어 얼음물에 몸을 담근 채 밤을 지새우기도 했다고 했다.

"뜨거운 햇살 아래서 바닷물에 몸을 담글 때 그나마 살 것 같아."

그게 승우가 따뜻한 나라의 해안선을 따라 여기저기로 옮겨 다니기 시작한 이유라고 했다. 레이첼은 그런 승우를 서부 캐나다의 최남단 태평양 연안에서 처음 만났다.

햇살이 바다 위에서 쨍그랑 금빛으로 쪼개지던 봄날이었다.

"이즈 댓 아메리카?"

메뉴판과 차를 테이블로 가져갔을 때, 그는 말발굽처럼 휘어진 건너편 땅을 가리키며 물었다. 레이첼은 테이블 위에 놓인 한국 담뱃갑에 눈길을 주며 한국 사람? 하고 되물었다.

"아, 한국분이시구나."

그는 쑥스러운 듯이 배시시 웃었다.

"어디 사람처럼 보였어요? 중국? 일본?"

"아뇨. 그냥 한국 사람은 아닐 거라고만 생각했어요. 그러고 보니 중국이나 일본 사람보다는 훨씬 한국 사람 같아요."

"혼자 여행 오셨나 봐. 아, 참. 저기는 미국 맞아요."

"너무 가깝군요."

"국경까지는 차로 오 분, 해안선을 따라 걸어도 이십 분이면 가죠. 서너 블록 위로 올라가면 버스도 있어요. 시애틀 가시게요?"

승우는 다음 날도 그다음 날도 해변의 끝자락에 자리한 일본 식당 '신주쿠'로 왔다. 그는 해물우동 한 그릇을 시켜놓고 오랫동안 바다를 바라보다 수첩에 뭔가를 적기도 하고 그리기도 했다. 점심시간이 지난 오후의 식당은 한가했다. 그 시간이면 레이첼은 빈 테이블을 닦아내고, 테이블 위의 간장병에 간장을 채웠다. 테이블과 의자의 줄을 맞추며, 바다를 향해 앉아 있는 그의 등을 훔쳐보았다. 승우의 연두색 폴로 남방에서는 풀 냄새가 났고 목이 조금 올라온 등산화에는 흙이 묻어 있었다. 오월의 해변과는 어울리지 않는 신발이었다. 레이첼은 스시맨에게 캘리포니아롤을 부탁해서 승우의 테이블로 가지고 갔다.

"퇴근하면 뭐 해요?"

연두색 아보카도와 하얀 오이, 불그레한 게맛살이 하얀 쌀밥에 쌓인 롤을 한입 물며 그가 물었다. 레이첼은 계산서의 뒷면에 전화번호와 이름을 적어주었다.

승우와 레이첼은 해가 보랏빛이 되었다가 달처럼 투명해져 바닷속으로 완전히 잠길 때까지 해변에 앉아 있었다. 그는 바닷물에 손을 담가보기도 하고, 약속이 있는 사람처럼 간간이 시계를 보기도 했다. 레이첼은 그에게서 느껴지는 이상한 긴장감을 외면한 채, 그의 이야기에 귀를 기울이고 과장되게 웃었다. 한국말로 이런 대화를 나눈 지가 얼마 만인가. 그의 말을 듣는 동안 몽글몽글한 열기가 목울대를 타고 올라왔다.

승우는 요즘 즐겨 듣는 한국의 인디밴드에 대해서, 상그리아가 기막히게 맛있는 홍대 앞 루프탑 카페에 대해서 말했다.

"십 년이요? 십 년 동안 한국엘 한 번도 가지 않았다고요? 왜죠?"

"가지 않은 이유 같은 건 없어요. 갈 이유가 없었던 거죠. 이제 그곳에는 아무도 없거든요."

그는 필사적으로 이해를 해보려는 듯 레이첼의 눈을 바라보며 천천히 고개를 끄덕였다.

"여기서 수영해도 되나요? 들어가보고 싶군요."

그는 지난 일 년 바닷가 마을로만 다녔던 여행에 대해 말했다. 필리핀 보홀에서 지냈던 삼 개월의 시간과 그 바닷속의 수초와 물속에서 찬란하게 빛나던 물고기에 대해서도 이야기했다.

"물밑에서 만난 정어리 떼를 잊을 수가 없어요. 어마어마한 빛의 덩어리였죠."

승우는 양팔로 커다란 물고기를 그렸다. 물고기가 떼를 이루는 모양이 한 마리의 물고기 같았다고 했다.

"캘리포니아로 가려고요. 거기서 서핑을 해보고 싶어요. 파도는 역시 캘리포니아잖아요."

파도를 타는 승우를 상상하는 것은 어렵지 않았다. 대학 때 아이스하키를 했다는 그는 단단한 몸을 가지고 있었다. 레이첼은 승우의 사소한 농담에 해변이 떠나갈 듯 깔깔거리며 웃었다. 숨이 가팔라져 깊이 숨을 내뱉기도 했다. 레이첼은 자신의 지난 시간을 이야기하다 공연히 쓸쓸해져 고개를 숙이고, 손가락 사이로 모래를 흘려보냈다. 모래는 잠깐의 유영 후에 땅에 고스란히 쌓였다.

약속 시간이 되었다며 승우가 먼저 자리를 털고 일어난 후에도 레이첼은 해변을 떠나지 못했다. 미국으로 넘어가는 기차가 기적을 울리며 해안선을 따라 오래 지나갔다. 기차는 백 칸도 넘게 달려 있었다. 밤이 완전히 깜깜해졌다. 바다 건너

맞은편 미국 땅 리조트도 불이 훤히 밝혀졌다. 레이첼은 기찻길을 건너가 편의점에서 맥주를 사 왔다. 맥주 세 캔에 걸음이 휘청거렸다. 바다를 등지고 가로등이 줄지어 늘어선 언덕을 따라 올라갔다. 발코니에서 와인을 마시는 사람들과 음악에 맞춰 탱고를 추는 사람들, 루프탑에서 데이트를 하는 연인들을 지났다. 그 길을 걷는 내내, 레이첼을 조바심 나게 만들던 승우 목소리와 웃음소리가 환청처럼 귀에 울렸다. 레이첼은 몸속 깊이 어딘가가 만져진 듯 실실 웃었다. 언덕길이 끝나고 삼층 낡은 목조 아파트에 다다랐을 때 숨은 턱에까지 차올랐다. 열쇠 구멍을 찾지 못해 몇 번이나 헛손질을 하며 레이첼은 조금 울었다. 마침내 문이 열렸고 고개를 들었을 때, 레이첼 옆에 승우가 서 있었다. 승우는 뛰어왔는지 숨을 헐떡였다.

"아까 그 바다로 가니 없더라고요. 사는 곳이 여기라고 하셨던 게 생각나서요. 퍼시픽 하이츠. 제 숙소가 여기 옆에 퍼시픽 인이거든요."

승우는 그렇게 레이첼에게 왔다. 그는 레이첼을 잘 알았고, 그와 함께 있으면 레이첼조차 스스로를 더 잘 알 것 같은 마음이 되곤 했다. 알리바이 없이 텅 빈 듯한 레이첼의 지난 십년이 오롯이 그를 기다리던 시간처럼 느껴졌다. 친구들이 한창 입시 준비를 할 때 레이첼은 이민 짐을 꾸렸다. 오고 싶다거나 오기 싫다는 생각조차 하지 않았다. 이민을 와서 무엇을 하겠다는 다짐이 있었던 것도 아니었다. 그런 다짐이 있어봤자 뭐가 달라졌을까. 열아홉은 어른도 아이도 아니었다. 어차피 이민은 아버지의 일이었고 레이첼은 부모를 따라나섰을 뿐이었다. 훨씬 나을 거야. 아버지는 짐을 싸면서 중얼거렸다. 어머니는 고추장, 된장을 비닐로 몇 겹을 싸서 다시 양철통에 넣어 이삿짐 컨테이너에 실었다.

처음 일 년쯤은 영어를 배우러 학교에 다녔다.

"하고 싶은 걸 생각해봐."

아버지는 말했다. 레이첼은 영어 학교를 그만두고 아버지의 세탁소에서 폴란드 여자에게 프레스를 배웠다. 뜨거운 수증기가 옷감에 닿자 구김이 말끔히 펴졌다. 구김을 펴는 것은 쇠가 아니라 수증기라고, 폴란드 여자는 자부심 가득한 얼굴로 말했다. 평생 프레스를 해왔던 그녀는 하루에 와이셔츠를 이백 장씩 다려냈다. 레이첼은 스무 장도 버거웠다. 프레스가 채 손에 익기도 전에 어머니가 병이 났다. 레이첼은 프레스 기계를 내려놓고 죽 끓이는 법을 배웠다. 싱싱한 전복을 사러 차이나타운을 돌아다녔다. 어머니의 머리맡에서 어머니가 시키는 대로 무슨 말인지도 모르는 채 성경을 소리 내서 읽었다. 어머니는 병이 깊어지자 음식 타박이 심해졌다. 어느 것도 머릿속의 그 맛이 아니라며 트집을 잡았다. 된장 고추장을 적당히 풀어 끓인 장국수 한 그릇 먹어보고 싶다고 했다.

레이첼은 밀가루 반죽을 했다. 밀대로 밀어 얇게 폈고 가늘게 썰었다. 바다를 건너오니 고추장 맛이 이상해졌다고 어머니는 말도 안 되는 소리를 했다. 어머니는 두 젓가락도 먹지 않고 끙, 소리를 내며 자리에 도로 누웠다. 이곳 밀가루는 아무리 얇게 썰어도 끓이면 퉁퉁 불어버렸다. 빵 만드는 밀가루로 국수를 만들어서 그런 거라고 아버지가 말했다. 어머니는 결국 입에 맞는 국수를 먹지 못했고 그 이듬해 죽었다.

칼리지 ESL코스에 다시 등록했다. 말레이시아에서 온 체구가 작은 남자와 만나기 시작했다. 강의실에 뜨거운 커피와 머핀을 가져다주던 다정함이 달콤하긴 했다. 그가 노란 프리지어를 사서 전철역에서 기다리던 날 데이트에서 돌아와 그에게 이별을 통보했다. 그의 꽃다발은 보기에도 민망했는데 하루 종일 그것을 품에 안고 다니면서 화가 치밀었다. 집으로 돌아왔을 때 꽃은 곳곳이 갈색으로 변해 있었다. 그것을 보자 무언가가 아주 명확해지는 기분이었다. 컬리지에서 사귄 친구와 클럽에 갔다. 좁은 아파트에서 친구와 친구의 친구와 모르는 사람과 알 수도 있는 사람들이 뒤섞여 파티를 했다. 대마초도 피워보고 얼굴도 기억나지 않는 남자와 키스도 했지만 그게 그리 즐겁지는 않았다. 흥분은 오래가지 않았고, 관계는 급격히 시들해졌다. 집으로 돌아오면 한국의 친구들에게 길고 긴 편지를 썼다. 친구들은 가끔 답을 주기도 했지만 시간이 지나면서 할 말도 없어졌고 왕래는 뜸해졌다. 그리고 어느 순간 한국의 친구들 중 누구와도 연락이 되지 않았다.

어머니가 죽고 난 후, 얼마 버티지 못하고 세탁소를 접은 아버지는 원래 자신의 꿈이 목수였다며 한국 목수 밑에서 조수 일을 하러 다녔다. 주로 하드우드 플로어를 설치하는 일이었다. 무릎걸음으로 카펫을 뜯어내고 빛깔이 좋은 호두나무와 단풍나무를 바닥에 깔았다. 아버지는 손에 굳은살이 박이기도 전에 무릎 관절염을 먼저 얻었다. 아버지는 무릎에 파스를 붙이고 방에 틀어박혀 하루 종일 한국 뉴스를 보다가, 어느 순간부터 밤을 새워 한국 드라마를 보았다. 레이첼은 하루에 세 번 밥을 차려 아버지의 방으로 가져갔는데, 침대에 베개를 켜켜이 쌓아놓고 기대어 입을 헤벌리고 드라마에 빠져 있는 아버지를 보면 하룻밤에 이십 년쯤 늙어버린 노인 같았다.

"그래, 뭘 하고 싶은지 생각은 해봤어?"

아버지는 잊지 않고 종종 물어왔지만 대답을 기다리는 것 같지는 않았다. 그것은 아버지와 레이첼의 통로를 여는 오래된 암호이거나, 성격이 어중간한 추억 같은 것이 되었다. 레이첼도 더 이상 그 질문에 하고 싶은 것을 떠올리지 않았다. 하고 싶은 것이라니. 레이첼은 하고 싶은 것이 없기 때문에 하루하루 견딜 수 있었다. 아무것도 갈망하지 않았으므로 불행하지도 행복하지도 않았다. 삶은 무덤덤했고, 모든 것이 평온한 날들이 느리게 흘렀는데, 그것은 레이첼이 애써 도달한 어떤 경지 같기도 했다.

생선 공장을 다니기 시작한 아버지는 그곳에서 만난 필리핀 여자와 데이트를 시작했다. 키가 작고 눈이 동그란 여자는 공처럼 둥근 몸을 가지고 있었다. 주말이면 집에 드나들기 시작했고 안방에서는 낯선 웃음소리가 새어 나왔다. 여자의 웃음소리는 난생처음 들어보는 다른 나라의 언어 같았다. 몇 달 후에, 필리핀 여자는 이민 가방 두 개를 들고 집으로 들어와 안방을 차지했다.

레이첼은 국경 근처에 작은 아파트를 얻어 나와 독립을 했고 파트타임으로 두 군데 일식당에서 서빙을 시작했다. 주로 영어가 서툰 한국 이민자들의 식당이었으므로 레이첼의 적당한 영어와 적당한 한국말은 딱 그곳에서 필요한 만큼 유용했다. 웨이트리스는 기본임금을 받으면서 팁을 따로 챙길 수 있기 때문에 수입도 나쁘지 않았다. 당분간, 이라고 생각하며 시작한 그 일은 어느새 직업이 되었다. 몇 군데의 식당을 옮겨 다니는 사이 레이첼은 서른 살이 되었다. 아버지는 더 이상 레이첼에게 하고 싶은 일이 뭐냐고 묻지 않았다. 대신 이따금 전화를 걸어 새엄마 자식들 문제에 대해 의논을 하곤 했다. 레이첼은 한때 국회 출입기자로서 날카롭고 유능했던 그가 "이 나라에서 그런 건 어떤 의미인 것이냐"며 아이들의 다툼이나 일터에서의 부당한 대우에 대해 묻는 것이 코미디 같았다. 하지만 아버지의 목소리가 매번 너무 진지해 웃을 수 없었다.

*

잠이 깊이 든 지수를 담요에 싸서 카시트에 태우고 시동을 걸었다. 라디오에서는 새벽부터 크리스마스캐럴이 울려 퍼졌고, 밤새 꺼지지 않은 크리스마스 등이 텅 빈 거리를 밝히고 있었다. 가게 앞 가로등 아래에는 'NIFTY 50's CAFE'라 쓰인 입간판이 놓여 있었다. 주인 남자는 눈을 뜨자마자 정성스레 입간판을 닦아 거리에 내다놓았을 것이었다. 그것은 주인 남자에게 새벽 기도 같은 것이었다. 레이첼은 그것을 볼 때마다 이루어질 수 없는 기도를 엿들은 기분이 되었다.

자동차 문을 열자 차가운 칼바람이 몸에 박힐 듯 불어 들었다. 뒷좌석에 앉은 아이는 고개를 한쪽으로 꺾고 깊이 잠이 들었다. 레이첼은 몸을 차 안에 들이밀고 흘러내린 담요를 끌어당겨 아이를 감싸 안았다. 이제 아이는 차에서 안아 내리기가 버거울 만큼 자랐다.

"아직 전기장판이 따뜻할 거야. 안에 눕혀."

주인 남자는 앞니로 고무장갑을 물어 빼내며 주방을 지나 창고로 가는 문을 열었다. 어수선한 창고 한쪽에 침대가 놓여 있었다.

"어이구야. 예쁘다. 어쩜 이리 예쁘게 자누."

주인 남자의 표정이 뜻밖에 너무 환했다.

“몇 살이랬지?”

“여기 나이로 세 살이요.”

“내가 이 나라에 올 때쯤 태어났구나. 나도 두 달만 있으면 세 살인데.”

아이를 눕히고 이불을 덮었다. 이불에서 늙은 남자의 냄새가 났다. 남자는 어쩐 일인지 집으로 들어가지 않고 식당의 창고에서 지내고 있었다. 식당을 반대했던 남자의 아내는 개업 즈음 두어 번 나왔다가 식당에 발길을 끊었다.

“워낙 이런 일을 할 사람이 아니야.”

사람들에게 음식을 팔고 돈을 받는 행위가 자신에게는 맞지 않는다고 남자의 아내는 말했다고 했다. 남자의 아내는 토론토로 대학을 간 아들을 따라 동부로 가 돌아오지 않고 있었다. 남자가 밴쿠버로 들어오기 오 년 전에 아내는 아들을 데리고 먼저 이곳으로 유학을 왔고, 남자가 한국에서 하던 일을 접고 밴쿠버로 들어오면서 가족은 드디어 함께 살게 되었지만, 오래 떨어져 지내던 가족이 함께 사는 게 생각보다 쉽지는 않았다고 남자는 말했다.

레이첼은 침대에서 떨어지지 않게 아이를 벽 쪽으로 밀어붙이고 베개를 옆에 받쳐두었다. 베이컨을 꺼내기 위해 창고 한쪽 냉장고로 갈 때, 뭔가 발끝에 걸려 바닥에 굴렀다. 손가락 두 개만 한 쥐가 쥐덫에 걸려 있었다. 쥐는 아직 숨이 붙어 있는지 몸을 가늘게 떨었다. 쥐를 유인하기 위해 달아놓은 치즈는 아직 그대로였다. 쥐가 달린 쥐덫을 쓰레기통에 던져 넣었다. 뚜껑을 덮고 그 위에 밀가루 포대를 얹은 다음 잠든 아이를 다시 쳐다보았다. 시멘트 바닥 위에 덩그러니 놓인 침대는 사이 좋은 부부의 침대처럼 사각의 모서리마다 기둥이 달려 있었다. 남자의 겨울 점퍼가 기둥에 깃발처럼 걸려 있었다.

주방 안은 손님을 맞을 준비로 여느 날과 다르지 않게 분주했다. 가스레인지 위에는 수프가 끓고 있었고 오븐 안에는 샌드위치 속에 넣을 쇠고기 덩어리가 구워지고 있었다.

"어제 팔다가 남은 것도 있는데요."

주인 남자는 레이첼 말에 아랑곳하지 않고 간 쇠고기를 스테인리스 대야에 담았다. 주인들에게만 대대로 전수된다는 마법의 양념들이 고기 위에 뿌려졌다. 마늘과 생강과 양파와 겨자와 파프리카까지 모조리 갋싼 가루 양념이었다. 새 주인들은 그전의 주인들에게 전수받은 '비법'에 뭔가를 보탰고, 이제 양념은 열두 가지가 넘었다. 주인 남자는 급기야 미원을 첨가했고 햄버거의 맛이 확 달라졌다며 기뻐했다. 그런데 왜 손님은 늘지 않는 거지, 레이첼? 남자는 이 상황을 이해하지 못했다. 이 카페는 중년의 백인 여자가 시작했다. 매일 두 냄비의 수프와 스튜를 끓였지만 정오가 지나면 음식이 동이 날 정도로 백인 여자의 손맛이 좋았다. 특히 비트를 넣은 보르쉬 수프와 육수가 진한 헝가리안 굴라시는 인기가 많았다. 매상이 좋은 가게였으므로 규모에 비해 비싼 값으로 한국인이 인수했고, 새 주인은 백인 여자에게 한 달 동안 수프와 스튜를 끓이는 법을 배웠다. 새 주인 아래서 가게는 조금씩 쇠락해갔다. 얼마 지나지 않아 새 주인은 가게를 다시 마켓에 내놓았다. 주인이 바뀔 때마다 가게는 더 싼값에 시장에 나왔고 어김없이 한국에서 온 새 이민자에게 팔렸다. 투자를 조건으로 이민을 온 그들은 투자할 사업체를 구하는 게 시급했고, 급한 마음 때문에 실패의 예감은 가볍게 무시되었다. 대부분은 장사라고는 해본 적이 없는 사람들이었다. 그들은 한국에서 살던 방식과 상식대로 맛있게 만들고 정직하게 팔면 성공할 수 있으리라는 믿음을 가지고 있었다.

레이첼은 집게를 들고 그릴 위의 베이컨을 하나씩 뒤집었다. 베이컨에서는 기름이 질펀하게 흘러나왔다. 그중 모양이 좋은 것 세 개를 브라이언의 몫으로 따로 놓고 나머지는 쟁반에 담았다. 브라이언은 늘 엑스트라 크리스피로 빳빳하게 구워진 베이컨을 주문했다. 브라이언은 매일 같은 시간에 같은 자리에 앉아 달걀과 베이컨과 해시브라운, 두 장의 토스트를 먹었다. 그는 기다리지 않아도 매일 오는 사람이었으므로 예측 가능한 그에게서 레이첼은 어떤 종류의 위안을 얻었다.

여섯시가 되자 브라이언의 트럭이 주차장으로 들어왔다. 버터를 한 조각 그릴 위에 떨어뜨리고 채 썬 감자를 한 움큼 올렸다. 화이트 브레드 두 장을 토스터에 넣고 손잡이를 눌렀다.
"아저씨 서니사이드업 두 개요."
돌아서서 햄버거 패티를 빚고 있는 주인 남자에게 레이첼이 말했다. 아무리 바빠도 달걀 요리는 주인 남자의 일이었다. 별 다른 이유는 없었다. 그전 주인이 그렇게 전수를 했기 때문에 주인 남자는 그렇게 하기를 원했다. 주인 남자는 그릴에 식용유를 두르고, 양손에 달걀을 하나씩 쥐고 한꺼번에 두 개를 터뜨렸다.
"거봐. 온다고 했잖아."
주인 남자의 목소리에 활기가 돌았다.
"메리 크리스마스!"
산타 모자를 쓴 브라이언이 손을 들어 올렸다. 레이첼은 그보다 먼저 늘 그가 앉는 테이블로 가서 커피를 잔에 따랐다. 브라이언이 앉자 의자가 삐걱거렸다. 주인 남자는 브라이언이 너무 뚱뚱해 의자가 금세 망가진다고 불만을 터트리곤 했다. 그는 한 접시 가득 담긴 식사를 오 분도 안 돼 비우고 신문을 당겨 부고부터 꼼꼼히 읽었다.
"재수 없이, 아침부터."
소리 내어 부고를 읽는 브라이언을 보고 주인 남자가 한국말로 중얼거렸다. 브라이언은 라디오에서 흘러나오는 캐럴에 맞춰 고개를 까딱거렸는데 그럴 때마다 모자의 하얀 공이 춤추듯 이리저리 움직였다.

"오늘도 미국에 가는 거야? 크리스마슨데?"

레이첼은 브라이언의 잔에 다시 커피를 채우며 물었다.

"지금 출발하면 내일 새벽쯤엔 캘리포니아에 도착할 거야. 가족들이 산타바바라 동생 집에서 모이기로 했어."

"캘리포니아까지 간다고?"

"같이 갈까, 레이첼?"

브라이언의 볼살이 안경 아래로 동그랗게 모였다.

"애가 딸려도 돼?"

"글쎄, 엑스와이프한테 위자료랑 양육비가 좀 들어가긴 하지만, 너만 좋다면야."

브라이언이 소리 내어 웃었다.

"요즘도 국경 넘기가 까다로워?"

"트럭 바닥 빔에 매달려 가던 애들 엊그제 찾았잖아. 냉동칸에 숨어서 국경 넘다가 몰살을 당했다는 유럽 이야기 때문인지, 아주 살벌해. 미국은 이민국 사무실 청소하는 애들도 불법체류자라던데 왜 그렇게 못 잡아먹어서 난리인지 모르겠어. 미국에서 애를 낳아도 부모가 서류가 없으면 추방이래. 애는 미국 시민권자인데 부모는 추방이니까 생이별을 하는 거지. 이게 뭐야. 이 자식들은 피도 눈물도 없어."

브라이언이 가고 간간이 커피를 사러 오는 손님이 있을 뿐 식사 손님은 없었다. 지금 이 시간이면 존도, 제리도, 캐빈도 왔어야 했다. 레이첼은 창고로 가서 잠든 아이를 다시 한 번 확인하고 카운터에 서서 손님을 기다렸다. 건너편 애완동물 가게의 쇼윈도에는 사슴 머리띠에 산타 옷을 입고 있는 개들이 창밖 구경을 하고 있었다. 오늘은 거기가 공단에서 유일하게 붐비는 곳이었다.

멍하니 창밖을 보고 있으니 브라이언이 남기고 간 캘리포니아란 말이 목을 콕콕 찔렀다. 또 승우가 떠올랐다. 검은 슈트를 입고 캘리포니아 해변의 집채만 한 파도를 타는 승우를, 검은 숲을 넘고 또 넘는 그를, 숲속 어디서 죽어버린 그를, 붙잡힌 그를, 한국으로 추방당한 그를, 그곳에서 행복한 가정을 꾸리고 있는 그를, 동남아의 작은 섬에서 하루 종일 바닷물에 몸을 담그고 있는 그를, 이 세상에 존재하는 그를, 존재하지 않는 그를 두서없이 떠올렸다. 레이첼은 혹시나 하는 마음이 되어 급히 휴대폰을 열어보았다. 승우뿐만 아니라 누구에게도 연락이 없었다. 차라리 부고라도 들었으면, 하고 생각하다가 고개를 흔들었다.

"레이첼, 지수 깼어."

주인 남자가 주방에서 레이첼을 불렀다.

*

K여행사 최 사장이 승우에게 인계한 사람은 일곱 명이었다. 언제나 출발 일시는 막바지까지 비밀로 부쳐졌다. 이번에

는 화이트락 해변에서 해안선을 타고 국경을 넘는 코스였다. 본인이 넘겨준 사람만 해도 수백 명은 족히 된다는 최 사장은 이쪽 물에서는 이름난 선수였다. 두 번의 재판에서 미꾸라지처럼 빠져나온 후, 국경수비대는 최 사장을 눈여겨보았고 그는 전면에 나서는 것을 자제했다. 그를 대신할 새 얼굴이 필요했다. 승우는 애당초 자신의 밀입국을 위해 최 사장을 만났지만, 어느 결엔가 최 사장 조직원이 되어 있었다. 빈털터리로 캐나다에 건너온 그는 몇 건만 성공하면 미국에서 뭐라도 하지 않겠냐는 최 사장의 말을 덥석 물었다.

계약금을 건넨 사람들이 합숙을 하는 동안 최 사장은 국경의 사정과 바다의 조수 시간과 날씨를 체크해서 조직원들에게 작전을 지시했다. 달이 없는 날과 비 오는 날을 그는 제일 선호했다. 작전은 언제나 급작스레 이루어졌다. 지시가 떨어지면 한시도 지체 없이 움직여야 했다. 밀입국을 준비하는 이들은 짐을 꾸리고 옷을 입은 채 최 사장의 출발 신호를 기다렸다. 그들 중 일부는 쫓기는 사람들이었고, 일부는 먹고 살 길이 막막해서 그곳으로 가야 했다. 아무도 서로의 사정을 상세하게 말하지는 않았다. 누구 하나 잡히더라도 서로 모르는 편이 낫다고 믿기 때문이었다.

관광 투어를 이끄는 날이면 승우는 며칠씩 집을 비웠다. 평범한 관광객들 사이에 밀입국을 목적으로 캐나다에 넘어온 이들이 섞여 있었다. 그의 일도 그렇게 섞여 있었다. 마른 장작 냄새를 풍기며 돌아오면 관광객을 이끌고 로키를 다녀왔다고도 하고, 북쪽으로 오로라를 보러 갔다고도 했다. 레이첼은 그의 옷을 벗겨내고 피가 맺힌 발진 위에 연고를 발라주었다. 진물이 흐르는 겨드랑이에 차가운 거즈를 대주기도 했다. 축 처져 잠든 그의 등에 얼굴을 묻고 그의 살 냄새를 맡아보기도 했다. 그의 손을 끌어당겨 하루가 다르게 불러오는 그녀의 배 위에 올려놓기도 했다. 가끔 승우는 담배와 전화기를 들고 해안 길을 따라 걸어 내려갔다. 레이첼은 베란다로 나가, 그가 영영 돌아오지 않으리라는 예감과 싸우며 그가 바닷가까지 내려가는 것을 조마조마하게 지켜보았다. 잠시 후, 그가 몸을 돌려 전화기를 호주머니에 넣고 힘차게 언덕길을 걸어 올라오는 것을 보며 레이첼은 조용히 커튼을 닫았다.

며칠 만에 집에 돌아온 승우와 출산 용품을 사러 나갔다 온 날이었다. 외출에서 돌아오자마자 승우는 샤워를 하러 욕실로 들어갔다. 레이첼은 손바닥만 한 아이의 옷을 배 위에 대어보기도 하고, 엄마의 젖꼭지와 비슷한 질감을 가졌다는 고무젖꼭지를 입에 물고 빨아보기도 했다. 식탁 위 승우의 전화기에 문자가 떴다. 이상한 예감이 레이첼의 몸을 훑고 지나갔다. 레이첼은 전화기를 들어 올려 알고는 있었으나 한 번도 써보지 않은 암호를 풀었다.

"루트를 바꿔. 어제 정 사장 벨링햄 쪽 일을 보던 백인 두 명 달려 들어갔어. 화이트락 쪽으로 넘어가다 그랬대. 미련하게 열아홉이 한꺼번에 움직였다니까. 난 일단 저기 동부 끝으로 간다. 사람들은 C시의 숲으로 넘겨. 아직 그쪽은 괜찮아. 일 끝내고 전화해. 다음 스텝을 말해줄게."

문자를 삭제해야 한다고 생각했지만 그럴 수가 없었다. 승우를 무방비한 상태로 둘 수는 없었고 승우만 기다리는 이들을 곤란에 빠지게 할 수도 없었다. 흥얼거리는 그의 노랫소리가 욕실 밖에까지 들렸다. 레이첼은 욕실 앞을 서성이다 물소리가 그쳤을 때 문을 열고 전화기를 그에게 내밀었다. 그는 허겁지겁 바지에 다리를 끼워 넣었다. 소파에 걸쳐놓은 외투를 집어 들고 신발을 신다 말고 다시 돌아와 레이첼의 이마에 입을 맞추었다.

"이게 마지막이야. 이제 다시는 네 곁을 떠나지 않을 거야."

승우의 다급한 발소리가 복도에 울렸다.

*

주인 남자는 점심 손님을 위해 끓인 수프를 워머에 넣은 후, 몇 시간 전에 뽑아놓은 커피를 한 모금 마셨다. 레이첼은 눈살을 찌푸렸다. 보나마나 탕약 같은 맛이 날 것이었다. 평소 같으면 다섯 포트는 팔았을 시간이었다.

"오전에 식사 손님이라곤 겨우 셋이었는데."

주인 남자는 카운터 앞에 서서 혼잣말을 했다. 손님이 있으면 홀로 나오지 않는 사람이었다. 그는 가게의 벽에 걸린 베이비부머 세대의 추억들을 처음인 듯 하나하나 쳐다보았다. 포드 자동차와 제임스 딘과 엘비스 프레슬리의 흑백 사진이 있었다. 가게 입구 뮤직박스 옆에는 마릴린 먼로가 치마를 휘날리며 서 있다. 처음 가게를 오픈한 백인 여자의 취향일 것이었다. 주인 남자는 출입문 앞에 서서 거리의 입간판을 쳐다보았다.

"도대체 니프티 50's가 무슨 뜻이야?"

그는 자신의 가게 이름이 무슨 뜻인지 레이첼에게 물었다.

"글쎄요. 저도 잘 몰라요. 잘나가는 주식에 대한 거라고도 하고, 좋았던 시절을 말하는 듯도 하고. 앞의 주인들도 잘 모르더라고요."

"저기 봐. 애완동물 숍에는 왜 저리 사람들이 많지? 저게 다 강아지 크리스마스 선물 사러 온 사람들인가. 개 팔자가 나보다 낫다."

그는 맞은편 애완동물 가게를 가리키며 말했다. 레이첼은 대답하지 않았다.

"라면이나 하나 끓여 먹어야겠다. 지수도 먹을래?"

주인 남자는 양은냄비에 라면을 끓여 내왔다. 냄새 때문에 김치는 꺼내지 않은 모양이었다. 레이첼은 남자의 라면을 몇 가닥 건져 물에 헹궈 지수를 먹였다. 주인 남자는 오늘 첫 끼니로 라면을 먹으며 커피 잔에 소주를 가득 따랐다. 남자는 햄버거도 감자튀김도 서양 수프도 입에 대지 않고 틈만 나면 한국 라면을 먹었다.

"징그럽게 안 온다."

남자는 혼잣말을 했다. 레이첼은 일어서서 창에 달린 'OPEN' 사인을 껐다.

"크리스마스에 무슨 계획이라도 있어?"

남자는 땅바닥에 주저앉아 손톱을 세워 목덜미를 긁고 있는 지수를 바라보며 레이첼에게 물었다.

"엄마한테나 다녀오려고요. 명절이잖아요."

"아, 두 분 다 여기 계셔?"

"엄마는 프레이저 벨리 묘지에요. 아버지는 강 건너 살아요."

아버지의 집에는 이제 필리핀 여자의 아이들도 들어와 살았다. 크리스마스에는 그 집으로 가서 껍질이 파삭한 필리핀식 삼겹살 구이를 먹을 것이었다. 한때는 레이첼의 집이었지만 온통 낯선 사람과 낯선 물건으로 가득 찬 그곳은 이젠 냄새도 달라져 있었다.

시간이 두시가 넘었다. 레이첼이 일어서서 수프 워머의 전원을 끄고, 수프 통을 꺼내 싱크대 옆에 놓아두었다. 수프는 오늘 한 그릇도 팔리지 않았으므로 국물은 하수구로, 건더기는 쓰레기통으로 들어갈 것이었다.

"그냥 거기 둬, 내가 할게."

남자가 주방으로 들어와 새 소주병을 꺼내며 말했다. 주인 남자가 술에 취하는 것은 이제 더 이상 손님을 기다리지 않을 것이라는 의지처럼 보였다. 레이첼은 그게 더 안심이 되었다.

"갈게요."

지수의 손을 잡고 지수의 담요를 챙겨 일어섰다.

"밖에서 셔터 버튼 좀 누르고 가. 이젠 손님이 와도 골치 아파. 나는 뒷문으로 다니면 되니까."

가게 밖으로 나가 문 옆에 달린 빨간 버튼을 누르자 셔터가 지잉 소리를 내며 내려왔다. 앞으로 구 일 동안 가게는 문을 닫을 것이었다. 아무도 이 안에 사람이 있다는 것을 알지 못할 것이었다. 가게는 굴속 같기도 하고 감옥 같기도 할 테지. 레이첼은 얼마간 섬칫한 기운을 느끼며 지수를 안아 올렸다.

*

거리로 나왔을 때 눈발이 날리기 시작했다. 공단 밖의 세상은 크리스마스 열기로 들끓었다. 아이의 선물을 마련하지 못한 것이 그제야 생각이 났다. 쇼핑몰 안에 있는 병원에서 아이의 연고도 처방을 받아야 했다. 주차장은 막바지 쇼핑객으로 차 한 대 세울 곳 없이 붐볐다. 주차할 곳을 찾아 빙빙 돌다가 앞뒤 차들에 밀려 주차장을 도로 빠져나와 버렸다. 길가에 차를 세우고 병원에 전화를 했다. 아무도 받지 않았다.

국경의 숲으로 차를 돌렸다. 프라빈셜 파크라는 이정표를 따라 한 시간쯤 달리자 매끈했던 이차선 도로는 비포장으로 바뀌었다. 오른편에는 깎아지른 절벽이 왼편에는 아름드리 단풍나무들이 늘어서 있었다. 다행히 눈발이 가늘어져 시야는 괜찮았지만, 길은 좁고 노면은 거칠었다. 차를 돌려 내려가기에는 이미 늦은 듯했다. 레이첼은 두 손으로 핸들을 꽉 쥐었다. 징글벨. 징글벨. 아이는 어눌한 발음으로 캐럴을 따라 불렀다. 막다른 길처럼 보였지만 모퉁이를 돌면 다시 길이 이어져 있었다. 끝날 듯, 끝날 듯, 끝나지 않는 이상한 길이었다. 더글라스 퍼 숲 사이로 환영처럼 스쳐 지나가는 호수가 보였다. 마침내 길은 차가 더 이상 들어갈 수 없는 산책로로 바뀌었다. 승우가 사람들을 내려주었다는 곳이 이쯤일 것이었다. 그날 새벽에야 돌아온 승우의 이야기는 그랬다.

차에서 내린 사람들은 울창한 숲과 사방을 뒤덮은 이끼들을 보며 적잖이 당황했다. 어둠 속에서 신발 끈을 단단히 조이고 각자의 짐을 점검했다. 눈동자만 빛나는 너구리 한 가족을 검은 숲에서 발견한 그들은 놀라 멈칫했다. 그들은 어린 병사들처럼 떨었고, 배고픈 짐승처럼 날카로워졌다. 등산 모자를 꾹 눌러쓴 삼십대 남자가 먼저 숲으로 몇 걸음 들어갔다가 나오며 싸움이 시작되었다.

“길이 너무 미끄러워 애들은 못 가요. 절대 못 가. 이러다 우리까지 위험해져.”

삼십대 남자는 초등학생 두 딸을 데리고 길을 나선 사십대의 남자에게 거칠게 말했다.

"여기까지 와서 포기하라는 게 말이야, 뭐야?"

사십대 남자는 몇 년 전 엘에이로 먼저 들어간 아이들의 엄마를 만나러 가는 중이었다. 자동차의 전조등마저 꺼버린 어두운 숲에서 서로를 노려보는 두 사내의 눈빛이 손으로 만져질 듯 팽팽했다.

"개새끼야. 우리 다 목숨 걸고 넘어가는 사람들이야. 왜 니 일에 남의 모가지를 걸어. 염치없는 새끼! 저런 놈도 애비라고!"

삼십대 남자의 말에 사십대 남자가 먼저 멱살을 쥐었다. 둘은 뒤엉켜 뒹굴었지만 아무도 말릴 엄두를 내지 못했다. 아이들이 낮은 울음을 울며 아버지를 불렀다. 승우가 겨우 둘을 떼어놓았을 때, 누군가 흘린 피가 끈적하게 승우의 손에 만져졌다.

승우는 사십대 남자와 아이 둘을 남기고 나머지 사람들을 출발시켰다. 그들이 숲을 완전히 빠져나갔을 즈음에 아이들과 남자를 보내기로 했다. 승우는 그사이 잠이 들어버린 둘째를 업고 얼마간 남자와 같이 숲으로 걸어갔다. 돈은 이미 최사장이 가지고 갔지만 승우에게 다른 선택은 없었다. 그들은 오직 승우만 바라보고 있었고 승우는 자신만을 생각할 수가 없었다.

"큰 돌은 없어요 여긴. 평지니까 천천히 걷기만 하면 돼요. 보폭을 줄이세요. 어둠이 눈에 익으면 감각이 생길 거예요."

어둠 속을 걷던 남자는 두려움을 이기려는 듯 맥락 없는 말을 하기 시작했다. 제가 모자랐어요. 이제 잘해야죠. 돈 벌면 빚도 다 갚을 거예요. 선생님, 정말 고맙습니다. 큰애가 공부를 잘해요. 하버드에 보내려고요. 네네. 이제 새로 시작하는 거죠.

국경이 백 미터쯤 앞으로 가까워졌을 때, 잠에서 깬 아이를 남자의 손에 건네줬다.

"그냥 이 방향으로 쭉 걸어 들어가요. 삼백 미터쯤. 따로 경계가 있진 않아요. 저기 엷게 불빛이 보이는 곳을 향해 줄곧 걸어 나가면 차가 기다리고 있을 거예요. 자동차가 다니는 일반 미국 도로예요. 십 분. 십 분이면 충분해요. 거기서 남색 캐러밴. 끝자리가 09. 그 차에 올라타기만 하면 돼요."

승우는 몇 번을 설명했다. 남자는 양손에 아이들의 손을 잡고 천천히 숲으로 빨려 들어갔다. 재빨리 숲을 빠져나온 승우는 도시의 반대쪽으로 차를 옮겨 전화를 기다렸다. 밀입국자들을 LA까지 안내하기로 되어 있던 미국의 조직원에게 전화가 온 것은 한 시간쯤 후였다.

그제야 승우는 누구도 안내인이 기다리는 곳에 도착하지 않았다는 것을 알게 되었다. 그쯤 되면 차는 물론이고 승우에 관한 정보가 이미 미국 국경수비대를 거쳐 캐나다 수비대에까지 갔을 가능성이 컸다.

*

승우의 짐은 하나도 늘어나지 않았다. 올 때 들고 왔던 초록색 백팩 하나가 전부였다. 레이첼은 그의 커다란 등을 바라보며 서 있었다. 아무 말도 할 수가 없었다. 물건을 가방에 챙겨 넣으며 그동안의 일들을 띄엄띄엄 말하던 그가 몸을 돌려 레이첼 앞에 무릎을 꿇었다. 양팔을 벌려 터질 듯 부풀어 오른 레이첼의 배를 껴안고 한동안 움직이지 않았다. 그의 눈물로 레이첼의 배가 축축하게 젖었다. 고개 숙인 그의 목덜미는 울긋불긋 발진으로 물들었다. 레이첼은 연고를 짜서 그의 발진 위에 펴 발랐다. 땀에 젖은 그의 목덜미에서 연고는 발리지 않고 겉돌았다.

"어디든 자리 잡히면 연락할게. 어디든."

레이첼은 벽장 깊이 넣어두었던 등산화를 꺼내주며 그의 등을 떠밀었다. 승우와 함께 있기 위해서 지금은 그를 보내야 한다는 것만 생각하려 애썼다. 그는 돌아올 것이라고 했고, 그 말은 그들의 아이가 그녀의 뱃속에서 자라고 있는 것처럼 의심할 여지가 없었다. 때마침 아이가 뱃속에서 꿈틀거렸고 승우가 일어났다.

승우가 떠난 뒤, 레이첼은 날이 밝아올 때까지 불 꺼진 거실 소파에 앉아 있었다. 수천 가지의 생각을 했던 것도 같고 아무 생각도 하지 못했던 것도 같았다. 생각은 빠르게 지나갔고 시간은 느리게 흘렀다. 우리는 곧 만날 수 있을 것이다. 땅덩어리가 얼마나 큰 나라인가. 승우의 몸 하나 숨길 곳은 얼마든지 있을 것이다. 레이첼이 긴 숨을 내쉬며 오래 앉아 있어 뻣뻣해진 허리를 펴고 자리에서 일어설 때, 밑으로 뜨끈한 것이 쏟아졌다. 맑은 물은 다리 아래 질퍽하게 고였다. 아무런 통증이 없었지만, 멈춰지지도 않았다. 정신을 놓아버릴 만큼 아득한 두려움은 그제야 구체적으로 몰려들었다. 레이첼은 택시를 잡아탔다. 아저씨, 병원, 병원으로 가주세요. 깔고 앉은 비치 타월이 양수로 축축하게 젖어들었다.

*

"지수야, 우리 한번 내려볼까?"

눈이 내려 온통 하얗게 변한 숲은 고요했다. 하얀 둥치의 자작나무 수백 그루가 가느다란 가지를 늘어뜨리고 눈 위에서 사열하듯 서 있었다. 소나무처럼 뾰족한 잎을 가진 더글라스 퍼는 나무 전체에 촘촘히 눈이 쌓여 거대한 크리스마스트리 같았다. 숲은 평온하고 아름다웠다. 이곳에서 사람들이 피를 흘렸고, 엎드려 숲을 넘어갔다는 것을 믿기 어려웠다.

"야호! 얼음 공주다!"

지수는 창밖으로 고개를 내밀며 소리를 질렀다. 아이에게 모자를 씌우고, 장갑을 끼웠다. 아이의 손을 잡고 아무도 밟지 않은 눈 위로 한 걸음 한 걸음 걸어 들어갔다. 지수와 레이첼의 발자국이 눈 위에 선명하게 찍혔다. 이 숲으로 빨려 들어간 수백, 수천 명의 발자국은 모두 지워져 있었다. 숲을 지나간 사람들은 아무도 이곳으로 돌아오지 않을 것이었다. 성공했다면 올 필요가 없을 것이고 실패했다면 오지 못할 것이다. 승우는…… 승우는 어떻게 된 것일까.

승우가 레이첼 곁에 머물렀던 열네 달. 그리고 지수. 지금 레이첼에게는 그것만이 명백했다. 승우가 지수를 볼 수 있다면, 자신과 꼭 닮은 지수의 눈을 보기만 해도 그는 돌아오지 않고는 못 배길 것이다. 지수는 레이첼의 손을 놓고 혼자 눈밭으로 발을 떼어놓았다.

"지수야, 엄마 봐봐."

레이첼은 바닥에 드러누워 팔다리를 아래위로 둥글게 휘저었다. 옷이 두꺼웠지만 머리에서 발끝까지 아찔하게 차가웠다. 레이첼이 누웠던 자리에 날개를 펼친 천사의 모양이 만들어졌다. 지수가 그걸 가리키며 깔깔 웃었다.

"스노우 엔젤! 나도 해볼래!"

지수가 눈밭에 드러누워 팔다리를 휘저으며 천사의 날개를 만들었다. 작은 아이의 몸짓이 당찼다.

"춥지 않아? 지수? 얼른 일어나."

"또 해볼래."

아이는 신이 나서 그 옆에 누워 또다시 팔과 다리를 휘저었다. 숲의 여기저기 스노우 엔젤이 여러 개 찍혔다. 그것은 마치 인장처럼 선명했으므로 누구나 알아볼 수 있을 것 같았다.

자이브를 추는 밤

준이 어릴 때 밸런타인데이가 되면 조그마한 초콜릿과 카드를 반 전체 아이들에게 나눠주곤 했다. 학교에서 돌아오면 다른 아이들에게 받은 카드와 반쯤 녹은 초콜릿을 거실 바닥에 쏟아붓고, 작은 손으로 초콜릿을 기차처럼 이어 붙였다. 준은 그중 빨간 하트 초콜릿 몇 개를 선심 쓰듯 그녀의 손에 쥐여주며 그녀의 목을 감고 안겼다. 하루 종일 얼마나 초콜릿을 먹었는지 아이의 입에서 달콤한 냄새가 났다.

"그때 준이 여섯 살쯤 되었나? 일곱 살?"

그녀는 준에게 온 문자메시지를 열어보며 남편에게 말했다. 메시지는 준이 주말로 예약한 일식집 주소와 지도였다. 준이 여자 친구가 생겼다는 것은 어렴풋이 눈치채고 있었지만, 막상 만나자고 하니 그녀는 가슴이 벌렁거렸다.

약속한 날은 아침부터 분주했다. 아껴뒀던 리프팅 마스크팩을 얼굴에 붙이고 헤어롤도 말았다. 옷은 전날부터 수십 벌을 입었다 벗었다. 겨우 고른 초록색 원피스를 입고 남편 앞에서 빙그르 돌았다.

"아무래도 한 벌 사 입을걸 그랬지?"

그녀는 튀어나온 옆구리 살을 만지며 말했다.

"나, 그냥 청바지나 면바지 입으면 안 돼?"

남편은 그녀를 보는 둥 마는 둥 하며 몇 번씩이나 넥타이를 풀었다 맸다. 이민 간다고 시누이가 백화점에서 선물로 사준 양복은 얼마 입지도 않았는데 이십 년 사이 저절로 낡았다.

"거봐. 양복 입으니까 근사하잖아."

그녀는 남편의 등에 앉은 먼지를 털어내며 말했다. 멋있게 보이진 않더라도 초라하게 보이고 싶지는 않은 날이었다. 그녀는 남편의 구두와 자신의 구두를 닦아 현관에 가지런히 내어놓았다. 오랫동안 정장을 입을 일이 없어 오랜만에 신어보는 구두였다. 어색하고 불편해도 오늘은 참아야 했다. 준이 여자 친구를 데리고 나온다지 않는가.

"눈이 오네. 늦진 않겠지?"

그녀는 눈발이 날리기 시작한 도로를 초조하게 바라보았다. 날은 어둑해졌고 시내로 나가는 도로는 붐볐다.

"한 시간이나 일찍 출발했는데 늦을 리가 있나. 음악이나 좀 틀어봐. 신나는 걸로."

남편은 손가락으로 넥타이를 잡아당겨 느슨하게 풀었다.

일식집이래서 조용한 방이 딸린 격식 있는 식당일 줄 알았는데, 시끌벅적한 이자카야였다. 미리 자리를 잡은 준이 그녀를 보고 자리에서 일어섰다. 목이 깊게 파인 버건디 색 원피스에 무릎 위로 오는 롱부츠를 신은 여자가 준 옆에 앉아 환하게 웃고 있었다. 그녀는 테이블로 다가가며 하이, 라고 인사를 하긴 했지만 아들이 여자 친구와 나란히 앉아 있는 모습을 정면으로 보지 못하고 괜스레 주위를 두리번거렸다. 할 수만 있다면 돌아앉아 있고 싶을 만큼 어색했다.

"맛있는 거 좀 시켜봐라. 아빠가 사줄게."

남편은 아예 넥타이를 풀어 호주머니에 넣었다. 그녀는 그제야 베티와 준을 번갈아 바라보았다. 베티는 캐나다에서 나고 자라서인지 딱히 베트남인으로 보이지 않았다. 몸에 밴 분위기나 제스처가 오히려 서양인처럼 느껴졌다.

"치얼스!"

남편이 맥주잔을 들었다. 그녀는 콜라 잔을 들었다. 준이 건배를 위해 팔을 뻗었을 때 셔츠 속으로 뱀 문신이 살짝 보였다. 그녀는 못 볼 것을 본 것처럼 급히 시선을 돌렸다. 준이 주문한 음식들은 식사라기보다는 술안주에 가까운 것들이었는데 그녀가 보기엔 하나같이 국적 불명의 낯선 요리들이었다. 코리안 스타일 테리야키 윙은 테리야키 소스에 버무린 닭날개 튀김 위에 김치가 한 움큼 올려져 있었다. 그녀는 붉은 김치 국물이 치킨 위로 흐르는 것을 보며 눈살을 찌푸렸다. 낫토와 연어회가 맥락 없는 재료들과 뒤섞인 접시를 가리키며 그게 뭐냐고 그녀는 준에게 물었다.

"연어와 일곱 명의 친구들."

준이 대답했다.

"농담이지?"

그녀는 깔깔 소리를 내며 웃었다.

"진짜야. 새먼 위드 세븐 프렌즈."

준은 재료들을 섞던 젓가락으로 벽의 메뉴판을 가리켰다. 준은 '연어와 일곱 명의 친구들'을 김에 싸서 베티의 입에 넣어주었다. 베티가 입을 크게 벌리고 음식을 받아먹었다.

"엄마도 싸줄까?"

그녀는 공연히 민망해져 고개를 저었다. 준은 키울 때도 다정한 아이였다. 그녀가 한인 슈퍼 캐셔 일을 마치고 녹초가 되어 소파에 누워 있으면 준은 전자레인지에 돌린 따뜻한 찜질팩을 그녀의 배에 올려주곤 했다. 찬바람이 들어가지 않도록 담요 끝자락을 꼭꼭 여며주는 것도 잊지 않았다. 우리 준이 마누라는 참 좋겠다. 그녀는 스르륵 잠기는 눈으로 말하곤 했다.

새로 음식이 나올 때마다 베티는 개인 접시에 그것을 나눠 담아 남편과 그녀 앞에 놓았다. 그녀가 하겠다고 해보았지만 소용없었다.

"노, 노. 이건 제 일이에요. 베트남에서는 어린 사람이 음식을 서빙해요. 한국 사람들도 그렇지 않나요, 수진?"

베티는 스스럼없이 그녀의 이름을 불렀다. 그녀는 그게 어색하고 무안했지만 온화한 미소를 머금고 앉아 고맙다고 말했다. 대화가 끊길 때마다 어색한 침묵이 흘렀다. 무슨 말이든 해야 한다고 생각했으나 목젖을 간질이는 말이 입 밖으로 튀어나오지 않았다. 이 말은 실례가 될 것 같고, 저 말은 무식해 보일 것 같고, 어떤 건 초면에 할 말이 아닌 것 같았다. 겨우 고른 말을 다시 영어로 작문을 하는 동안 머릿속은 더 헝클어졌다. 그녀는 어쩔 수 없이 미소를 짓고 앉아 준과 베티가 뭔가 말해주기를 기다렸다.

"저도 깜짝 놀랐어요. 준이 그 몇 년 사이에 근사한 맨(man)이 되어 있더라고요."

맥주 몇 잔에 베티의 얼굴이 발그레해졌다. 베티가 동아리 회장으로 있을 때 신입생이던 준을 처음 만났다고 했다. 그녀는 막 수염을 깎기 시작한 대학 신입생 준을 잠시 떠올렸다. 준이 그사이에 남자가 되었다는 베티의 말이 무슨 말인지 알 것 같았다. 지금 그녀의 눈앞에 베티와 나란히 앉아 있는 준은 그녀가 보기에도 근사한 청년이었다.

"그땐 그냥 풋내기 보이(boy)였다니까요. 어떻게 그럴 수가 있죠? 왜 갑자기 모든 것이 달라 보였을까요? 수진도 그런 경험이 있어요?"

그녀는 베티의 얼굴을 보며 나이를 짐작해보았다. 선배라니 베티가 몇 살 위라는 말이겠지만 외모로는 베티의 나이를 가늠할 수 없었다. 베티는 들고 있던 맥주잔을 단숨에 비웠고 준은 웨이트리스를 불러 술을 더 시켰다. 베티는 대화를 하는 동안 종종 동의를 구하듯 상대방의 눈을 똑바로 바라보며 머리를 끄덕였다. 베티가 고개를 뒤로 젖히며 크게 웃을 때면, 풍성한 머리카락이 어깨 위에서 춤추듯 넘실거렸다. 베티의 머리색은 독특했다. 뿌리는 검정이었지만, 가운데는 금발이고 점점 엷어져 끝은 완전한 백발이었다. 준은 베티의 탐스러운 머리카락을 쓰다듬듯 만지기도 하고, 베티의 어깨에 손을 얹었다가 내려놓기도 했다. 간혹 그녀가 베티의 영어를 제대로 이해했는지 확인이라도 하듯 그녀의 표정을 유심히 살폈다. 엄마의 영어가 그다지 신뢰할 만한 것이 아니라는 것을 알게 된 초등학생 무렵부터 준에게는 그런 버릇이 있었다.

이민 온 지 몇 년 만에 준의 영어는 그녀의 것보다 훨씬 나아졌다. 관공서에 볼일이 있을 때, 마트에 물건을 반품할 때 그녀는 초등학생 준을 데리고 다녔다. 집에 물난리가 났을 때는 보험 회사에 클레임 편지를 쓰게 했고, 동생 미미가 학교에서 부당한 대우를 받았을 때는 준을 앞세워 교육청으로 가 아이에게 자신의 분노를 통역하게 했다. 몇 번 그런 일이 있고 난 후, 준은 함께 영화를 볼 때도, 학원에서 상담을 할 때도, 수시로 그녀의 표정을 살폈다. 그런 준의 시선을 느낄 때면 그녀는 모욕적인 기분이 들었다. 그녀는 아이의 양쪽 어깨를 힘주어 잡고 도대체 왜 그런 눈빛으로 그녀를 보는지 사실대로 말하라며 아이를 다그치기도 했다. 아이는 엄마에게 상처를 주려는 건 아니야, 라며 눈시울을 붉혔고 그녀는 그걸 알면서도 화를 풀지 못했다.

베티를 그녀에게 소개시켜준 후부터 준은 가족 모임에 언제나 베티를 데리고 나왔다. 어느새 베티는 온 가족의 중심에 있었다. 모두 베티의 눈치를 보며 베티가 불편하지 않게 애를 썼다. 베티가 섞이면 준은 영어로 말을 했다. 베티에게 소외감을 느끼지 않게 하려는 준의 배려였다. 그걸 알면서 그녀 혼자 한국말을 할 수 없었다. 서투른 영어로 몇 시간 떠들고 나면 그녀는 이불을 뒤집어쓰고 끙끙 앓았다. 기를 쓰고 아이들에게 한국말을 가르쳤는데, 아무 소용없는 일이 된 것 같아 그녀는 씁쓸해졌다. 그녀는 그런 마음을 들키지 않으려고 아이들 앞에서 시종 웃으며 너그러운 얼굴을 하다가도 집으로 돌아오면 별수 없이 남편 앞에서 준을 원망했다가 베티를 원망했다가 모든 게 잘못 가르친 자신의 책임이라고 마음에도 없는 소리를 했다.

여름이 되었을 때 준은 베티를 집으로 데리고 왔다. 둘은 오래된 게임기로 게임을 하고, 뒤뜰에서 배드민턴을 쳤다. 베티는 비키니를 입고 비치 타월 위에 누워 일광욕을 했다. 벌건 대낮에 수영복 차림으로 집을 뛰어다니는 베티가 못마땅했지만 준의 기분을 상하게 할까 봐 싫은 내색을 하지 않았다. 어떤 날은 창고를 뒤져 어릴 때 가지고 놀던 장난감들을 죄다 꺼내놓기도 했다. 인라인스케이트를 찾아냈을 때는 그걸 신고 집 앞 드라이브 웨이를 빙글빙글 돌다가 준이 넘어져 무릎을 다쳤다. 베티는 흐르는 물에 준의 상처를 씻기고 소독을 한 후 붕대를 감았다. 그녀는 준의 피를 볼 수가 없어 몇 걸음 떨어져 울상으로 서 있었지만, 베티는 약사여서인지 피를 보고도 무서워하는 기색이 없었다.

어느 날은 준이 베티를 앉혀놓고 피아노 연주를 했다. 오랜만에 집안에 피아노 소리가 울렸다. 그녀는 치대고 있던 수제비 반죽을 내려놓고 감흥에 젖어 피아노 소리에 귀를 기울였다. 베티의 감탄과 준의 웃음소리가 피아노 소리에 섞여 들었다.

준은 일곱 살에 처음 피아노를 쳤다. 연립주택에 방 두 개를 빌려 살 때였다. 남편은 뒤늦게 목수라도 하겠다며 직업학교를 다니고 있었고, 그녀는 이민 오자마자 낳은 딸을 품에 안은 채, 중국 아이들에게 헐값으로 수학을 가르쳤다. 준은 남의 집에서 피아노를 보면 만져보고 두드려보느라 그 주변을 떠나지 않았다. 아이가 뚱땅거리는 피아노 소리는 소음이었다. 사람들은 눈살을 찌푸렸고, 그녀는 억지로 피아노에서 아이의 손을 떼어놓곤 했다. 도저히 피아노를 가르칠 형편이 아니었지만, 둘째를 업고 준의 손을 잡고 동네 피아노 할머니 집으로 갔다. 교회에서 오랫동안 피아노 반주를 했다는 할머니는 반값에 준에게 피아노를 가르쳤다. 준이 피아노 레슨을 받는 동안 그녀는 아이를 업은 채 할머니 집 마당을 서성였다.

집에는 피아노가 없었다. 지인에게 빌린 멜로디언으로 연습을 했다. 그녀와 그녀의 남편이 돌아가며 입으로 공기를 불어 넣었다. 그들은 얼굴이 빨개지도록 호스를 불다가, 서로 눈이 부딪히면 눈물이 나도록 웃었다. 한 시간쯤 힘주어 불고 나면 그녀의 입술이 빨갛게 부르트기도 했는데, 어린 준은 지치지도 않고 건반을 눌렀다. 준은 곧 멜로디언 건반으로는 칠 수 없는 곡을 배웠다. 십 년 된 중고 피아노를 산 날은 인건비를 아끼기 위해 그녀와 남편이 피아노를 밀고 끌고 집 안으로 들였다. 무리해서 피아노를 옮기느라 그녀는 한 달 동안 허리에 복대를 하고 진통제를 먹어야 했다. 준은 그 후로 십 년 동안 매일 피아노를 쳤다. 대회에서 상도 꽤 받았고, 오케스트라와 협연도 했다. 하지만 준이 집을 떠날 때 피아노도 떠났다. 가끔 집에 와도 피아노 뚜껑을 열지 않았다. 피아노 위에 입고 온 재킷을 걸쳐놓거나 가방을 올려놓았다. 마치 학년이 지난 교과서를 보듯 무심했다. 버려진 피아노를 볼 때면 그녀는 지난 시간이 모두 헛된 것 같아 속이 아렸다. 그렇게 떠났던 피아노를 준이 베티 앞에서 다시 치고 있었다.

그녀는 살금살금 서재로 가 작은 피아노 의자에 간신히 엉덩이를 걸치고 나란히 앉은 아이들의 뒷모습을 보았다. 간혹 악보를 기억하지 못해 머뭇거리기는 했지만 손가락 터치는 아직 힘이 있었다. 준은 「즉흥환상곡」을 치고 있었다. 오른손이 여덟 개의 음표를 균등한 길이로 치는 동안, 왼손은 여섯 개의 음표를 쳐야 했다. 아이는 왼손과 오른손의 시간차를 이해하지 못했다. 그녀는 노트에 음표의 길이를 수직선으로 그려가며 양손의 시간차를 수학적으로 계산해서 준을 가르치다가 준이 이해하지 못하면 윽박을 지르기도 했다. 그런 계산이 연주에 도움이 되었을까. 아마 그렇지는 않을 것이었다. 그녀가 할 수 있는 일이 그것뿐이었고 그녀는 뭐라도 해야 한다고 생각했다. 이제 준은 오로지 손가락의 기억에 의존해서 악보도 없이 연주를 하고 있었다. 오래 쉬었지만 뜻밖에 연주는 아직 훌륭했다.

그녀의 쉰번째 생일날에는 베티가 오리고깃집을 예약했다. 오랜만에 딸 미미까지 시간을 내 가족이 다 모였다. 베티는 상추와 깻잎을 포개 쌈을 싸면서도 어깨를 흔들며 춤을 추었다. 맛있는 것을 볼 때면 베티는 말 그대로 어깨춤을 췄고 그녀에게 그 모습은 신인류처럼 생소하고 이상했다. 그녀는 어릴 적 밥상에서 노래를 부르다 어머니한테 등짝을 얻어 맞은 적이 있었는데 베티의 어깨춤을 보면 그런 게 떠오르기도 했다.

"차가 필요하다고? 언제?"

그녀는 베티가 싸준 쌈을 입에 가득 문 준에게 물었다.

"응."

준은 짧게 대답했다.

"그래서, 언제?"

그녀가 다시 준에게 물었다.

"다음 주 토요일이지?"

준은 베티를 바라보며 스케줄을 확인했다. 베티가 고개를 끄덕였다.

"제발, 정리 좀 해서 한꺼번에 말해. 자꾸 묻게 만들지 말고. 왜 차가 필요한지, 언제 필요한지. 오빠, 진짜 짜증 나."

미미가 불쑥 끼어들었다. 화가 단단히 난 목소리였다. 미미는 젓가락을 상 위에 소리 나게 내려놓았다.

"왜 그래? 미미. 오빠한테……"

그녀는 불판에서 지글지글 익고 있는 오리고기를 연방 준과 베티의 접시에 올려주며 미미를 타일렀다.

"오케이. 알았어."

동생의 핀잔에 준은 의외로 순하게 대꾸했다. 아무래도 미미는 뭔가를 알고 있는 눈치였다.

"베티 집으로 들어가려고요. 다운타운 집세가 너무 비싸. 어차피 늘 붙어 있는데 두 집 렌트비를 낼 필요가 없잖아요."

준은 베티와 살림을 합치는 것이 대단히 합리적인 일인 것처럼 말했다. 베티는 머리를 끄덕이며 준의 말에 힘을 보탰다.

"같이 살겠다고?"

너무 놀라 한국말이 튀어나왔다. 준이 대학 기숙사 방을 '내 집'이라 했을 때보다 더 기가 막혔다. 남편은 이 모든 소동이 자신과는 상관없는 것처럼 술과 고기를 쉴 새 없이 먹었다. 그녀는 얼굴이 붉어진 채 입을 꾹 다물었고, 준은 그런 그녀를 더 이상 설득하려 들지 않았다. 그녀는 어색함을 감추기 위해 고개를 옆으로 돌려 종업원을 불렀다.

"이모, 오리탕 주세요."

"소주도 한 병 더 시키자."

남편이 빈 소주병을 흔들며 말했다.

그녀와 남편 사이에는 베티가 가져온 수국 꽃다발과 와인이 놓여 있었다.

이게 말이 돼? 이래도 되냐고! 그녀가 겨우 혼잣말로 서운함을 쏟은 것은 아들과 베티를 전철역에 내려주고 딸아이를 대학 기숙사에 바래다준 후, 남편과 단둘이 차 안에 남았을 때였다.

"당신은 어떻게 한마디 말도 안 해? 아빠가 되어가지고. 중요한 순간마다 숨어버리지. 하여튼 비겁하다 정말."

그녀는 조수석 대시보드에 다리를 올리고 술에 취해 반쯤 졸고 있는 남편을 쏘아보았다.

"난 찬성일세. 살아봐야 맞는지 안 맞는지 알 거 아냐. 자기도 평소에 그리 말했잖아. 설마 베티가 세 살 많다고 생각이 바뀐 거야?"

"우리한테 미리 상의는 해야지. 부모로 보지도 않는 거잖아."

남편은 트로트가 흐르는 오디오의 볼륨을 높이고 의자를 뒤로 완전히 젖히더니 본격적으로 잠잘 준비를 했다. 그녀는 운전대를 꽉 잡았다. 아홉시에 가까운 시간이었지만 밴쿠버 여름 해는 아직 완전히 넘어가지 않았다. 그녀는 붉게 타오르는 지평선을 노려보다 창을 내리고 수국 꽃다발을 창밖으로 내던졌다. 남편은 그새 코를 골며 잠들었다. 해가 지자 지평선은 아주 잠깐 더 붉어졌지만 금세 어둠이 짙어졌다.

준은 동부, 서부 할 것 없이 원서를 쓴 학교마다 모두 합격을 했지만 엄마 밥 먹고 싶다며 집에서 한 시간 거리의 주립대학으로 진학했다. 처음 두세 달은 주말마다 먹고 싶은 음식을 들먹이며 집을 찾았지만 곧 뜸해졌다. 어느 날부터 준에게 연락이 잘 닿지 않았다. 문자메시지를 보내놓고 기숙사 문 앞에서 하염없이 기다리다 보면, 귀를 뚫어 귀걸이를 달고, 물들인 머리를 길러 묶은 준이 짜증스런 얼굴로 걸어 나왔다.

수업에도 잘 가지 않는 듯했지만 그녀로서는 확인할 방법이 없었다. 준은 일 년에 겨우 두세 번 집을 찾았다. 그녀는 준이 나락으로 떨어지는 꿈을 꾸다 깨곤 했다. 한밤에 앰뷸런스 소리를 들으면 이유 없이 불안해졌다. 준은 언젠가부터 늘 긴팔 티셔츠를 입고 집에 나타났다. 준의 몸에 그녀가 모르는 상처가 있을지도 모르겠다는 생각을 했다. 미미가 찾은 준의 SNS에서 독수리와 뱀이 현란하게 그려진 준의 상반신 사진을 보았다. 그녀는 울며불며 준에게 전화를 했다. 그날 이후, 준은 오랫동안 집으로 돌아오지 않았다.

그녀는 며칠 밤을 뜬눈으로 지새웠다. 친구들을 만나 생전 처음 취하도록 술을 마시기도 했지만 아들의 팔과 어깨와 목의 대부분을 물들인 문신에 대해서는 말하지 못했다. 준은 자신의 인생은 자신이 책임지겠다고 말했다. 그녀에게 그 말은 아무렇게나 살아버리겠다는 말로 들렸다. 그녀의 품을 파고들며 하트 초콜릿을 내밀던 아이가 그리워 밤새 사진첩을 뒤적이곤 했다. 매일 한 뼘씩 준과의 거리가 벌어졌다. 그렇게 멀어지다가 준이 영영 눈앞에서 사라져버릴 것만 같아 그녀는 애가 탔다.

그렇게 몇 해가 흘렀다. 태산 같았던 그녀의 걱정이 무색하게 준은 무사히 학교를 졸업했다. 닥치는 대로 겁 없이 벌여온 일들이 이력이 되었는지 졸업 전에 꽤 괜찮은 회사의 프로젝트 매니저로 취직을 했다. 종종 다운타운의 이름 있는 식당으로 부부를 불러내 밥을 사고, 좋은 술을 권했다. 지갑에서 카드를 꺼내 웨이터에게 건넬 때, 넉넉한 팁을 얹어 계산서에 사인을 할 때, 아들의 얼굴에는 자신감이, 남편의 얼굴에는 자랑스러움이 넘쳤다. 얼굴을 붉힐 일도 나무랄 일도 없어졌다. 준은 다시 성실한 아들로 돌아왔고, 그러는 사이 그녀는 준이 손님처럼 어려워졌다.

준과 베티는 함께 살고부터 더 자주 집을 찾았다. 크리스마스나 추수감사절에는 며칠씩 집에 와서 머물렀다. 아이들은 집에 오면 자연스럽게 같은 방에서 잠을 잤다. 다행히 베티는 집을 편히 여겼고 한국 음식을 좋아해 그녀가 만든 건 뭐든 잘 먹었다. 준은 베티가 특별히 원하는 음식을 문자메시지로 넌지시 알려주었다. 그런 문자를 받고 나면 혹시 베티가 임신이라도 한 것이 아닐까 걱정이 됐지만 묻지는 못했다.

"어쩜 이 시간까지 잘 수가 있어?"

그녀는 컴퓨터에 코를 박고 한국 드라마에 빠져 있는 남편에게 다가가며 말했다. 시간은 정오에 가까웠고 구워놓은 스콘은 식고 있었다.

"아무래도 베티 좀 이상한 것 같지 않아? 어제 소파에 대자로 누워 있는 거 봤어? 민망해서 혼났다 정말. 베트남에서는 그런 건 괜찮은 거야? 어른들 앞에서 벌렁 드러눕는 거 말이야."

"당신이 그랬잖아. 네 집처럼 편하게 있어라. 피곤할 텐데 좀 누워라. 진심 아니었어?"

남편이 비아냥거렸다.

"그런다고 진짜 벌러덩 드러눕냐? 정말 부끄러움은 내 몫인가 싶다."

준과 베티는 잠옷 차림으로 식탁에 앉았다. 그녀는 서둘러 그라인더에 커피콩을 갈았다. 준은 뜨거운 블랙을, 베티는 우유와 설탕을 넣은 진한 아이스커피를 원했다.

"와, 이게 준이 늘 말하던 바로 그 스콘인가 봐?"

베티는 한입 베어 물더니 어깨를 들썩이고 팔을 위로 흔들며 또 춤을 추었다.

"기가 막히지?"

준이 눈을 찡긋하며 베티에게 말했다. 둘은 감탄사를 내뱉으며, 오랜만에 만난 연인들처럼 와락 껴안았다. 왜 갑자기? 그녀는 어이가 없어 피식 웃었다. 준은 베티의 반응을 살피느라 커피도 스콘도 손대지 않고 있었다.

"너도 먹어. 어서."

그녀는 준의 팔을 툭툭 치며 딸기잼과 클로티드 크림을 듬뿍 바른 스콘을 건넸다.

저녁으로는 베티가 먹어보고 싶다는 갈비탕과 깻잎전을 만들었다. 준은 베티가 자주 본다는 유튜브의 한국 요리 채널에서 '갈비탕과 깻잎전' 링크를 보내왔다. 그녀는 자신이 늘 하는 방식 대신 유튜버의 요리법대로 음식을 만들었다. 베티는 여느 때와 같이 지나치게 감탄사를 쏟아내며 갈비탕과 깻잎전을 맛있게 먹었다. 식사 후 남편은 야간작업을 하러 나갔고 미미는 학교 과제가 있다며 제 방으로 올라갔다. 그녀는 소파에 앉아 간혹 아이들이 보는 영화에 눈길을 주며 아이들에게 선물로 줄 무릎 덮개를 뜨고 있었다. 베티는 준의 가슴에 등을 기대고 반쯤 누웠다. 준의 다리와 베티의 다리가 소파 위에서 길게 뒤엉켜 있었다. 준은 베티의 머리카락에 손가락을 넣어 컬을 만들 듯이 빙빙 돌렸다.

"물 좀 줄 수 있어, 준?"

베티가 말했다.

"내가 줄게."

그녀는 뜨개질 거리를 내려놓고 자리에서 일어섰다.

"남자아이가 나을 것 같아."

베티는 티브이에 눈을 둔 채 말했다.

"여자아이를 입양하는 게 더 좋지. 난 여자아이가 더 좋아."

준이 대답했다.

"좁은 아파트에서 어떻게 강아지를 키우려고."

그녀가 말참견을 했다.

"강아지 아니고 아이요."

준이 말했다.

"아이를 입양한다고? 제정신이야?"

"세상에는 버려진 아이들이 많아요. 누군가는 그 아이들을 책임져야죠. 환경 문제도 그렇고. 인도적인 차원에서도 그렇고. 저희의 신념도 그렇고."

이번에는 베티가 대답했다.

"환경 때문에 아이를 낳지 않겠다고? 그래서 남의 자식을 데려다 키운다고? 애들이 자식 키우는 게 무슨 장난인 줄 알아?"

그녀의 목소리가 떨렸다. 뜨개질을 하고 있던 손도 벌벌 떨렸다.

"저희는 입양해도 사랑하며 잘 키울 자신이 있어요. 얼마든지요."

베티의 태도는 당당함을 넘어 무례했다. 베티가 아이를 낳을 수 없는 걸까? 그녀는 의심스런 눈길로 베티를 쏘아보았다.

"정해진 건 없어요, 엄마. 입양을 할지, 그냥 애 없이 살지. 마음이 변해서 언젠가 낳을지도 모르고요."

준이 그녀를 달래듯 말했다.

"애 없이 살다니. 너 애 좋아하잖아."

"좋아한다고 다 가질 수는 없는 거잖아요. 저는 강아지도 좋아해요. 하지만 책임질 수 없는 강아지를 키우진 않아요."

"이 자식이! 강아지와 애가 같아? 강아지라니! 내가 너를 강아지로 키웠어? 내가 무책임하게 너를 키웠어?"

그녀는 자신이 무슨 말을 하는지도 모른 채 소리를 질렀다. 미미가 제 방에서 뛰어나왔다.

“엄마 그 말이 아니잖아요. 이건 순전히 저희들의 문제라고요! 뭐가 됐든 우리가 결정하고 우리가 책임져요.”

준이 자리에서 일어나며 선언하듯 말했다.

“오빠, 오늘은 그냥 네 집으로 가. 그게 낫겠어.”

미미가 준에게 말했다. 그녀는 뜨개질거리를 바닥에 내팽개치고 돌아섰다. 반드시 아이를 낳아 대를 이어야 한다는 생각은 아니었다. 준이 아이를 강아지에 비유했을 때 그녀는 심장이 덜컥 내려앉는 것 같았다. 일곱 살 때 준은 장래 희망에 대한 글쓰기 숙제에서 결혼을 하면 아이를 다섯 명 낳겠다고 말해 선생님과 부모를 모두 웃게 만들었다. 준은 거리에서도 식당에서도 아이를 보면 그냥 지나치지 못하고 장난을 걸거나 웃어주곤 했다. 아무래도 이상했다. 준을 이렇게 바꿔놓은 건 베티였다. 이 낯선 말은 준의 것이 아니다. 베티는 노련하고 영악한 아이다. 베티를 잃고 싶지 않아 베티의 생각이 곧 자신의 생각이라고 믿어버린 것이다. 젊은 시절의 사랑이란 그렇게 무모하고 어리석지 않던가. 베티는! 아, 베티는 도대체 어떤 아이인가. 도무지 해석되지 않는 그 아이의 무례하고 거침없는 말과 행동. 베티는 준을 어디로 끌고 간 것인가. 그녀는 곧 손안의 얼음이 녹아버리는 것처럼 초조해져 방 안을 빙글빙글 돌았다. 현관문 닫히는 소리가 났다. 그녀는 안방

창문으로 다가갔다. 백팩을 등에 메고 베티의 손을 잡은 준이 가로등 아래로 걸어가고 있었다. 그녀는 거칠게 커튼을 닫았다.

그 밤, 그녀는 쉬이 잠들지 못했다. 준이 영영 닿을 수 없는 곳으로 가버리는 건 아닐까 불안했다. 오랫동안 존재한다고 굳게 믿었던, 준과 그녀를 잇는 끈이 끊어져버린 듯했다. 그녀는 이불 속에서 한숨을 쉬며 뒤척이다가 담요를 가지고 마당으로 나왔다. 데크 위에 담요를 돌돌 말고 누웠다. 고등학교 일학년 여름방학에 준이 남편과 함께 시다나무 데크를 만들었다. 높이가 다르게 이 단으로 층을 두어 만들자고 그녀가 제안했고, 준이 유튜브를 찾아보며 도안을 그렸다. 남편과 준이 나무를 사 와서 톱질을 하고, 대패질을 하고, 스테인을 먹이고 바니시를 칠했다. 완성한 날 가족은 여기서 고기를 구워 먹고 별을 보며 밤새 놀았다. 데크를 만드는 것은 여름휴가를 대신한 프로젝트였다. 나이아가라 폭포를 보러 가기 위해 모아둔 경비와 시간을 모두 데크를 만드느라 다 썼다. 이런 것을 만드는 대신 아이들을 데리고 나이아가라 폭포를 보러 가야 했을까. 우리도 드디어 비행기 타고 여름휴가를 가는 거냐고 애들이 환호성을 질렀었지. 데크를 만들면서 가족 모두 행복했다고 믿었던 것은 어쩌면 그녀의 착각일 수도 있었다.

준이 원하지 않았으나 그녀가 주었던 것들과 준이 원했으나 그녀가 주지 못했던 것들이 어수선하게 떠올랐다. 이 부분에는 얼마간 억울한 마음도 있었다. 그녀로서는, 죽자 사자 달려온 시간이었다. 그것이 누구의 강요가 아니라 온전히 그녀의 선택이었다 해도, 그 모든 선의의 끝에 가까스로 닿은 곳이 여기일까 싶으면 분한 마음이 들었다. 무엇이 잘못된 것일까. 더 열심히 살아야 했을까. 너무 열심히 산 것이 화근이었을까. 그녀는 무수한 기억들을 되새기고 또 되새기다 데크 위에서 깜빡 잠이 들었다. 시끄럽게 짖어대는 새소리에 눈을 떴을 때 날이 희끄무레 밝아왔다. 처마 밑에 둥지를 튼 새가 그녀의 머리 주위로 빙빙 돌며 그악스럽게 짖어댔다. 새는 그녀를 둥지를 위협하는 존재로 여긴 모양이었다.

준이 베티를 그녀에게 소개한 지 두 해가 지났다. 아이들은 옛 은사에게 주례를 부탁하듯 청첩장을 만들어 와 그들 부부를 결혼식에 초대했다. 이제 그녀는 아이들의 그런 방식이 크게 놀랍지 않았다. 그녀가 도와줄 일이 없냐고 물어보긴 했지만, 미국 결혼식 물정을 몰라서 달리 도울 방법도 없었다. 아이들은 부조금 대신 필요한 선물 리스트를 백화점과 연계해서 온라인에 올려두었는데 그녀는 그중 제일 비싼 에스프레소 머신을 사주기로 했고, 결혼식 경비에 보태라며 약간의 돈을 통장에 넣어주었다.

골프장 클럽하우스 앞 잔디밭에 야외 결혼식장이 꾸며졌다. 푸른 잔디가 봄볕 아래서 반짝였다. 장미와 수국과 카네

이션으로 장식한 아치는 등대처럼 우뚝했다. 등받이에 금색 리본을 단 하얀 하객용 의자들이 그 앞으로 줄지어 놓여 있었다. 하객 한 명당 드는 비용이 워낙 많기도 했지만 꼭 초대를 해야 할 만큼 가까운 사람이 얼마 없어 준의 손님은 단출했다. 이민 초기에 만나 이제는 고향 친구 같은 십여 명의 지인들과 한국에서 일가친척 대표로 온 준의 큰아버지가 전부였다. 대신 준의 친구들과 직장 동료들이 여럿이 와서 허전함을 메웠다. 베티는 부모님이 둘 다 어릴 때 이민을 와서인지 이곳에 뿌리내린 친척들이 꽤 많았다. 인종도 다양했고 차림새도 근사했다.

예식 후 연회는 클럽하우스 실내에서 열렸다. 가죽 라이더 재킷을 입은 디제이가 빠른 음악과 느린 음악을 번갈아 틀어가며 흥을 돋우었다. 댄스를 위한 조명이 켜졌다. 웨이터와 웨이트리스가 어깨 위로 쟁반을 들어 올리고 손님들 사이로 이리저리 다니며 칵테일과 카나페를 서빙했다. 준과 베티가 하객들에게 일일이 인사를 하며 돌아다녔다. 베티는 한 손에 하이힐을 다른 손에는 샴페인을 들고 친구들과 사진을 찍었다. 베티는 자신의 파티를 즐기는 진짜 주인공 같았다. 잇몸이 드러나게 활짝 웃는 모습이 당당하고 아름다워서 그녀는 한동안 베티에게서 눈을 떼지 못했다.

사람들은 음악에 맞춰 몸을 살랑살랑 흔들며 술을 마시고, 서로 반갑게 악수를 하고 담소를 나누었다. 어떤 이는 스테이지로 나가 열정적으로 춤을 추었다. 이미 취한 사람도 있었다. 커다란 카메라를 들고 쉴 새 없이 셔터를 누르며 이 시간을 기록하는 젊은 사진사도 있었다. 그녀는 이런 파티가 난생처음이라 호스트였지만 구경꾼처럼 두리번거렸다. 딴 생각을 하다가 한복 치맛단을 밟아 넘어질 뻔하기도 했다.

베티가 아빠 품에 포옥 안겨 춤을 추었다. 하객들은 부녀가 춤을 추기 좋게 공간을 만들어주고, 그 주위를 빙 둘러쌌다. 웨딩드레스를 입은 신부와 아버지의 춤은 뭉클했다. 부녀가 춤을 추는 동안 준은 베티 엄마의 귀에 뭔가 속삭였다. 베티 엄마가 고개를 끄덕일 때마다 커다란 귀걸이가 앞뒤로 흔들렸다. 베티 엄마는 손등으로 눈가를 훔쳤고 준이 허리를 숙여 베티 엄마의 등을 감싸 안았다.

그녀가 멍하니 생각에 빠져 있는 동안 사람들이 맘, 맘, 맘, 이라고 부르며 박수를 쳤다. 준이 어느새 곁에 다가와 그녀의 팔을 끌어당겼다. 누군가 그녀의 등을 떠밀었다. 준이 고등학교 체육 시간에 자이브를 배울 때, 실기시험을 앞두고 매일 밤 그녀와 연습을 한 적이 있었다. 생전 처음 추는 춤이었지만, 그녀보다 한 뼘이나 더 자란 아들의 손을 잡고 자이브를 추던 그 시간이 그녀는 더할 나위 없이 행복했다. 태어날 때 겨우 팔뚝만 하던 녀석을 이렇게 우뚝 키워놓은 자신이 세상을 구한 것처럼 자랑스러워 춤을 추다가도 자꾸 아이의 등을 쓸어보고는 했다.

이제 아들은 그때보다도 키가 더 자랐다.

"엄마, 땡큐. 땡큐 포 에브리싱!"

준이 그녀의 귀에 대고 말했다. 그녀는 하고 싶은 말이 너무 많아서 자꾸만 목이 메었다. 근사한 말을 고르다 어떤 말도 하지 못하고 고개만 끄덕였다. 그사이 음악은 끝나버렸다. 노래가 끝나자 준은 한 번 더 그녀를 꼭 안았다. 사랑해요, 엄마. 사람들은 다시 박수를 쳤다. 이제 준을 놓아줘야 할 시간이었다.

준이 베티를 번쩍 들어 올려 한 바퀴 빙그르 돌았다. 베티의 웃음소리가 홀에 가득 찼다. 아름다운 커플이었다. 달달한 샴페인을 두 잔이나 마셨더니 그녀도 기분이 좋아졌다. 시간이 지나면서 파티는 더 무르익어갔다. 베티는 술이 제법 취했는지 목소리가 더 커졌고 준은 그런 베티의 허리에 한 손을 얹고 친구들과 건배를 했다. 그녀는 남편의 손을 잡아당겨 연회장 밖으로 나갔다. 텅 빈 골프장 잔디밭 위로 조명이 은은히 비췄고, 스프링클러가 반원을 그리며 잔디를 적셨다. 달이 참 좋았다.

그녀는 하루 종일 발을 쥐어짜던 신발을 벗었다. 버선까지 벗어버리고 잔디밭으로 걸어 들어갔다. 축축한 잔디가 그녀의 맨발에 닿았다. 오월의 밤바람이 그녀의 치맛자락을 휙, 들어 올렸다 놓았다. 그녀는 조명이 비추지 않는 곳까지 조금 더 걸어 들어갔다. 흥을 부추기는 디제이의 추임새와 열정적인 음악 소리, 사람들의 발랄한 웃음소리와 열기를 띤 소음들이 남의 일처럼 멀어졌다. 잔디에 닿은 한복이 아래부터 젖어오고 있었지만 그녀는 개의치 않았다.

달아남으로써 돌아오는

이철주(문학평론가)

1. 마음을 다해 달아나는 사람들

모두 얼마쯤은 오늘을 두려워하며 오늘이라는 오명에 연루되어 살아간다. 토씨 하나 틀리지 않고 반복될 오늘을 그나마 견뎌낼 수 있는 건 잠시나마 마음의 독기를 내려놓을 수 있는 예정된 휴식이, 밤이라는 약속이 우리에게 얼마간이라도 허락되기 때문일 것이다. 밤은, 소멸과 재생의 오래된 순환은 어쩌면 내일은 달라질지 모른다고, 세상의 능욕과 냉소도 조금은 더 견딜 만한 온도로 잦아들지 모른다고 조심스레 믿게 만든다. 이런 최소한의 희망에조차 기대는 것이 불가능할 때, 벗어날 길 없는 오늘의 무게에 압사당할 듯 숨이 막힐 때, 잠시 내려놓은 마음이 무엇보다 견디기 어렵고 두려울 때 우리는 오늘로부터 달아난다. 버려두고 떠난 시선과 질문들, 떨쳐낼 수 없던 상념들로부터 마음을 굳게 걸어 잠근 채 아득히 먼 내일을 갑옷처럼 몸에 두르고 육중한 오늘의 점성으로부터 스스로를 거칠게 밀어낸다. 오늘을 지워낸 하루를 몇 번이고 게워내며 잦아들 줄 모르고 거세져만 가는 제 안의 열기를 힘겹게 누르고 가까스로 끌어안는다.

달리 방법이 없어서도 그 숱한 유예와 지연에 막연한 희망을 품어서도 아니다. 온 힘을 다해 오늘로부터 달아날 수밖에 없는 건, 오직 그것만이 울분과 치욕만을 받아먹고 자란 천형 같은 마음의 허기로부터 스스로를 지킬 수 있는 유일한 방법이라 믿기 때문이다. 하루하루 무서운 속도로 증식해가는 환멸과 수치에 마음을 모두 빼앗겨버리지 않도록 그 끝을 모르는 허기가 삶을 전부 집어삼키지 않도록 오늘의 중심으로부터 스스로를 단호히 추방시킨다. 물론 이토록 위태롭게 이어온 긴장과 간극이 언제까지고 계속될 수 있는 것은 아니지만, 한 발짝만 잘못 디뎌도 온 균형을 잃고 평생을 부정해온 마음 속으로 걷잡을 수 없이 떨어지고 말겠지만, 이 예정된 실패와 견고한 필연이 역설적으로 도망자의 윤리를 만들어낸다. 스스로의 진실로부터 있는 힘껏 달아나지만 결국 정확히 같은 궤도와 가속도로 되돌아오고야 마는 고집스럽고 불가피한 관성이 인간이라는 운명을 감당하고 이해하는 가장 인간적인 방식을 직조해낸다.

등단 십육 년 만에 첫 소설집을 펴내는 반수연의 작품 역시 그러한데, 때론 한 생이 걸리기도 하고 결코 녹록지 않은 긴 유배의 시간을 경유하기도 하지만 생의 허름한 상처 주위를 무수히 배회하며 마음의 뒤편 어딘가를 깊이 응시하고 있을 오래된 눈빛들을 조심스럽고 사려 깊은 문장들로 섬세하게 담아낸다. 삶의 끝자락에서 더 선명히 각인되는 부서진 꿈의 파편들을, 꿈이 남기고 간 얼룩의 무게와 그 돌이킬 수 없는 잔인함을 어느덧 앙상히 말라버린 지나간 삶의 감출 수 없는 남루함 속에 처연히 풀어놓는다. 실은 누구보다도 간절히 기대고 싶었고 강렬히 꿈꾸고 싶었음을 지친 마음들을 향해 고백하고, 오래도록 부정해온 지극히 명징한 실패를, 그 실패에 대한 두려움을 더 이상 외면할 수 없는 삶의 중심 한가운데에 우두커니 세워놓는다. 마음을 다해 도망쳐온 삶의 맨얼굴을 아프게 끌어안으며 그 불완전함과 비루함의 밀도로 인간이라는 형벌을, 어두한 꿈의 뒷모습을 캄캄히 들여다보고 위무한다.

2. 꿈이 남기고 간 자리

소설집에 묶인 일곱 편의 단편들은 모두 캐나다나 미국 이민자들의 삶을 다루고 있다. 아마도 작가의 오랜 캐나다 이민

생활이 투영된 결과겠지만 꼭 그런 외적 사실들에 기대어 작품을 읽어야 하는 것은 아니다. 물론 실제로 경험하지 않으면 포착하기 어려운 놀라운 구체성들이 문장 곳곳에 자리하고 있지만 반수연의 소설 속에서 이민은 무엇보다도 삶에 대한 근원적 메타포에 더 가까워 보인다. 그의 문장들은 누구보다도 강렬히 꿈꾸고 처참하게 실패하고 부정하며 방황하다 결국 꿈이 남기고 간 자리로 돌아오고야 마는 인간의 오랜 운명과 본성에 대해 담담히 이야기한다. 꿈꾸는 삶의 한 원형을, 견디고 버티는 삶의 피할 수 없는 본질을 이민자들의 형상을 빌려 차분하고 성찰적인 문장들로 축조해낸다. 특히 이민 말년을 다루고 있는 「메모리얼 가든」이나 「혜선의 집」과 같은 작품들은 꿈과 현실의 간극이 선명하게 드러나는 생의 황혼 무렵을 누구도 피해 갈 수 없는 소멸과 죽음의 그림자를 배음처럼 깔고서 절제된 문장과 안정된 호흡으로 담아내고 있다.

「메모리얼 가든」의 화자는 장례 코디네이터 겸 묘지 세일즈맨이다. 묘지까지도 아파트처럼 투기를 하며 죽음에 집착하는 사람들에게 화자는 설명하기 어려운 묘한 거부감을 느낀다. 이민이라는 "낯선 삶에 대한 불안으로 착잡해진 아들을 앞에 두고 당신의 죽음부터 걱정"했던 노모를 떠올리며 화자는 죽음에 대한 그 집요한 마음들을 불편해한다. 그런 화자에게 박 노인이 찾아온다. 묘지 계약 얘기는 꺼내지도 않고 엉뚱하게 아들 자랑만 늘어놓다 가곤 했던 박 노인은 뭣자리를 바꿔달라며 실랑이를 벌이는 것도 모자라 양로원에 들어가게 됐다는 걸 핑계로 죽은 아내의 유해까지 맡겨버린다. 그토록 자랑하던 아들은 어쩌고 생면부지의 묘지 세일즈맨에게 아내의 유골을 맡기는 건지, 그 사정이야 사실 짐작하기 어려운 것은 아니지만 그럼에도 화자는 선뜻 받아들이지도 거절하지도 못한다.

소설은 이후 몇 차례의 갈등과 망설임, 박 노인의 부고 소식과 장례 절차들을 따라가며 박 노인이 맡기고 간 죽음의 무게를 화자가 받아들이고 떠맡게 되는 심리적 변화의 과정들을 보여준다. 죽음과 삶이 가장 선명하게 부딪치는 곳, 묘지는 특히나 이국으로 떠나온 이민자들의 삶과 연결될 때 더 아득해지는 면이 있다. 지금까지 자신을 따라왔던 수치와 모욕을 끊어내고 새롭게 다시 시작해볼 수 있으리라는 꿈은, 그 꿈이 끝나고 멈추는 곳에서 손에 잡힐 듯 구체적인 부피와 무게를 갖고 그 실패와 부재의 자리를 더 명징하게 드러낸다. 꿈도, 가족도, 기회도 더 이상 남아 있지 않다는 생각이 들 때, 그래도 나에게 그 모든 것들이 가능했던 시간이 있었음을 누군가는 알아차려주기를 바랄 때, 죽음은 무거운 비석 위에 새겨져 돌 속 깊이 가라앉은 뒤에도 남아 "자신의 유해를 애완견에게 먹여달"라거나 "자신의 재를 자기 집 벽난로에 부어달"라는 이해하기 어려운 부탁을 느닷없이 건네며 조용하고도 묵직한 소란을 잠시 우리 삶에 지문처럼 남겨놓을 것이다.

「혜선의 집」은 꿈이 현실에 뿌리를 내리던 공간인 집이 어느 순간 봉합된 수술 부위가 터지듯 꿈과 현실의 아찔한 간극을 적나라하게 드러내버리는 악몽 같은 순간을 매개한다. 혜선은 암 투병 중이다. "허물어져가는 것보다, 허물어져가는 것을 보이는 게 더 견딜 수 없"었던 혜선은 어디에도 나가지 않은 채 오로지 집 안에서만 지낸다. 미국 생활 십 년 만에 산 그 집에서 혜선은 아이들을 훌륭히 키워냈고 너무도 많은 일들을 스스로의 힘으로 당당하게 해냈다. 집은 그녀가 알고 있는 유일하고도 확실한 삶의 방식이었기에 남은 시간 역시 "자신이 알고 있는 안전한 방식으로 견디어내고 싶"어 한다. 따뜻하고 견고하고 안온하기까지 한 혜선의 집은, 그 집에 대한 환상과 믿음은 아팠던 "어린 딸을 안고 계단을 쿵쿵 오르내리던, 거짓말처럼 젊고 바빴던 그녀"의 시간이 쌓아 올린 스스로에 대한 확신이자 보상이었다. 하지만 삶의 모든 것들이 걷잡을 수 없이 희미해져만 가고 있는 지금, 혜선의 집은 그녀를 노골적으로 힐난하기라도 하듯 "산 것들의 감칠맛 뒤에 가려져 있던 역한 냄새"를, 감출 수 없는 치욕과 수치를 거침없이 쏟아내기 시작한다.

혜선의 불안감은 하루가 갈수록 심해져 혜선 부부를 돌보아주던 여성들에 대한 공격적인 행동들로 나아간다. 자신이 꼼꼼히 돌보아왔던 집을 차지하고 남편의 마음을 사로잡고 서서히 자신의 자리마저 빼앗아가려는 거라 의심하며 그녀들을 두려워한다. 이 깨어날 길 없는 악몽, 아니 다시는 잠들 수 없는 냉연한 현실 속에서 혜선은 아직 자신이 이 집의 어엿한 주인이던 시절 한쪽 눈이 불편했던 다섯 살 난 딸아이가 "지금 몇 시간이야"라고 묻던 순간을 떠올린다. 아이는 시계도 볼 줄 몰랐고 시간 개념도 없어 자신이 정확히 무엇을 물어보고 있는지도 잘 몰랐겠지만, 그저 아무런 걱정 없이 혜선에게 의지하기만 하면 되었던 그 아늑함과 평온함을, 혜선의 꿈과 자긍심이 남아 있던 시절의 건강함을 기억해낸다. 이제는 자신이 그때의 딸아이가 되어 이미 잠들어버린 남편의 등 뒤로 "여보, 여보. 지금 몇 시나 되었을까. 밤이 아주 깊은 것 같은데" 하고 물어보지만, 일부러 "입을 크게 벌리고 하품"까지 하며 자신이 알고 있는 또 하나의 가장 확실한 방법들에 기대어보지만 이미 깨어진 꿈과 현실 사이의 아득한 거리는 쉽게 잦아들지 않는다.

3. 미리 분실한 마음

상실을 예방하는 가장 확실한 방법은 분실보다 한발 앞서 잃어버리고 폐기하는 것이다. 상실 자체가 성립될 수 없도록 먼저 떠나고 미리 분실하는 것이며 애초에 어떤 것도 갖지도 꿈꾸지도 갈망하지도 않는 것이다. 이와 같이 극단적으로 위축된 삶의 방식들은 마음이 덧없기 때문이 아니라 너무도 날카롭고 치명적이고 위험해서 차라리 통째로 뜯어내고 제거해 버리고 싶어 한다. 온갖 고통과 두려움의 원흉인 마음을 스스로의 바깥으로 밀쳐내고 추방함으로써 상실이 가져올 견딜 수 없는 무력감과 좌절감으로부터 스스로를 보호하려 한다. 「국경의 숲」과 「통영」의 인물들은 마음을 제거함으로써 상실을 견디는 해묵은 관성과 그 안간힘들을 선명히 보여주는데, 소설은 결국 그 모든 노력들이 실패하고야 마는 순간들로 인물들을 몰고 감으로써 상실이라는 삶의 항구적 본질을, 자기 안에 여전히 굳건히 살아 숨 쉬는 그 오래된 마음과 허기를 받아들이지 않을 수 없도록 밀어붙이고 인도한다.

「국경의 숲」은 소식이 끊긴 연인을 기다리며 홀로 아이를 키우고 있는 삼십대 이민자 여성의 삶에 대해 이야기한다. 레이첼은 고3 무렵 가족과 함께 캐나다로 이민 온 이래 한 번도 한국을 찾아본 적이 없다. 문자 그대로 "이제 그곳에는 아무도 없"기 때문이기도 하지만 무엇보다 더 이상 아무것도 상실하지 않기 위해 미리 분실해버린 마음의 결과이자 대가이기도 하다. 특별히 무언가를 하고 싶었던 것도 한국에서의 친구들이 유독 돈독하고 의미 있었던 것도 아니지만, 아니 애써 그렇게 기억함으로써 상실의 아픔을 희석하려 하는 것이겠지만 이민은 레이첼의 너무나도 많은 부분들을 바꿔버렸다. 레이첼은 무언가를 갈망하는 마음 자체를 지워버림으로써 "불행하지도 행복하지도 않"은 지극히 "무덤덤"하고 "모든 것이 평온한 날들"에 어렵게 도달한다.

그런 레이첼의 삶에 느닷없이 승우가 뛰어든다. "뜨거운 햇살 아래서 바닷물에 몸을 담글 때 그나마 살 것 같"다며 아토피 때문에 캐나다까지 왔다는 승우에게 레이첼은 이상한 속도로 빠져든다. "물밑에서 만난 정어리 떼를 잊을 수가 없"다며 눈을 반짝이는 승우로부터 무언가를 꿈꾼다는 건 실은 아주 멋진 일이라고, 더 이상 그렇게 마음을 다치지 않기 위해 애써 부정하지 않아도 된다는 무언의 확신을 느꼈기 때문일 것이다. 하지만 승우와의 행복했던 기억은 캐나다와 미국 사이 국경을 넘는 밀입국 조직원이었던 승우가 어디든 자리 잡히면 연락하겠다는 기약 없는 말만 남긴 채 사라져버림으로써 너무 빨리 끝나버리고 만다. 그리고 삼 년. 승우가 떠난 국경의 숲 언저리에서 레이첼은 딸 지수와 함께 차디찬 눈밭에 누워 승우가 자신에게 남기고 간 열네 달이라는 "명백"한 시간과 그 "인장"들을 어디서나 "누구나 알아볼 수 있"도록 "스노우 엔젤"의 형상으로 또렷이 찍어놓는다. 상실된 마음의 중심에서 더 생생하고 선명하게 되살아나는 결코 훼손될 수 없는 기억을, 그 기억의 온기와 감촉을, 꿈을 좇아 "숲으로 빨려 들어간 수백, 수천 명의 발자국" 위에 가만히 겹쳐놓는다.

「통영」은 "숨을 곳이 없는 동굴"과도 같았던 고향을 피해 먼 이민 길에 올랐던 중년 남성의 혼란스러운 귀향길을 함께 따라나선다. 현택은 모친의 부고 소식을 듣고 이십 년 만에 고향 통영을 찾게 되는데 돌아가신 어머니에 대한 슬픔보다도 현실적인 걱정들로 마음이 복잡하다. 손가락 절단 사고 이후 어렵게 얻은 새 직장이라 아무리 모친상을 치르기 위해서라고는 하나 선뜻 장기간의 휴가를 내는 것이 쉽지 않았고, "좁아터져서 일부러 알리지 않아도 반나절이면 다 아"는 고향 땅에 자신의 사고 소식을 알리게 되는 것이 꺼림칙했다. 고향도 버리고 어머니도 버리고 그 먼 캐나다까지 이민을 갔으면서 금의환향도 모자라 불구의 몸으로 돌아오는 것이 부끄러웠지만, 자신을 그토록 괴롭혔던 아버지의 그림자와 그리고 그 사실을 알고 있는 그 수많은 사람들의 시선과 다시 마주하게 되는 것이 무엇보다도 두려웠다.

사생아였던 현택은 "자리에 누워 며칠이고 끙끙 앓는 어머니의 신열 같은 존재"였던 아버지로부터 벗어나기 위해, "그 모든 것을 목격하고 무수히 해석하고 기억하며, 망각을 허락하지 않는 이곳에서" 달아났던 것인데 오랜 시간이 지나 다시 찾은 고향 앞에서, 어머니의 "뼈와 피부만 남아 오래전에 이미 죽어버린 미라 같은 몸" 앞에서 자신이 그토록 두려워했던 시선과 "허무하고 쓸쓸했지만 어쩌면 그 힘으로 살아진 것도 같았"던 증오와 분기 역시 실은 스스로가 만들어낸 또 하나의 신열이었음을 인정하고 받아들이게 된다. 주먹 좀 펴고 자라는 누나의 목소리를 "자장가같이 달콤"하게 들으며 현택은 모욕당하지 않기 위해 지우고 짓뭉개고 부정해온, 몹시도 그립고 소중했던 오래된 마음들 곁에 그 따뜻한 온기와 부드러운 감촉들 곁에 꿈결처럼 잠시 멈추어 선다.

4. 회피의 밑바닥

아무리 노력하고 발버둥 쳐도 단 한 걸음도 더 나아갈 수 없다고 느끼는 때가 결국은 오고 만다. 명징하게 다가오는 실패의 예감과 질식할 듯 짓누르는 스스로의 한계 속에서 우리는 어떤 식으로든 돌파구를, 해결책이라 믿고 싶은 수단과 방법들을 마음을 다해 찾아 헤맨다. "상처를 준 사람과 장소에서 멀어지는 것은 완벽한 해답 같았"(「사슴이 숲으로」)다며 스스로를 채근하거나, "진짜 실패를 피하려고 의도적인 좌절을 선택"(「나이프 박스」)함으로써 기어코 찾아올 패배와 수치의 시간을 최대한 늦추고 지연시키려 한다. 꿈에 목숨을 걸 만한 용기도 배짱도 없는 한심한 도피로만 보일지 모르지만 때때로 우리는 달아남으로써 꿈과 그 꿈을 꾸던 마음들을 보호하고 지켜낸다. 꿈에 까맣게 타버린 마음들을 겨울의 중심 깊은 곳에 묻어둔 채 언젠가 반드시 찾아올 봄의 미세한 울림과 열기를 예감하며 기다린다.

「사슴이 숲으로」는 죽은 화가의 작업실을 정리하며 실패하는 것이 두려워 오래도록 잊고 부정해온 '자신' 앞에 어렵게나마 다시 서게 되는 긴 망설임과 유예의 시간들을 추적한다. 잘나가는 갤러리 큐레이터였던 화자는 아이 곁에 있어줄 수 없었던 과거의 잘못을 만회하기 위해서라며 느닷없이 미국 이민을 결정해버린다. 언제부터인가 감정의 고리가 닳고 느슨해져 결국 끊어져버렸던 남편과의 파국으로부터 달아나기 위한 적당한 핑곗거리이기도 했고 무엇보다 "변변한 작품 하나 그려내지 못하고 번번이 공모전에 낙방을 하다 재능도 열정도 없는 자신을 자책하며 슬그머니 그림을 접었던" 스스로의 깊은 열패감으로부터 달아날 수 있는 좋은 기회였다. 이민 후 화자는 아이의 엄마로서, 지영의 충직한 친구로서 살아가지만 이 역시 실패를 봉합하기 위한, 수치심을 들키지 않기 위한 위태로운 부정과 부인의 연속일 뿐이다.

미국에서 이십 년 만에 만난 고등학교 동창 지영은 툭하면 울기에 바빴던 여고 시절의 모습은 온데간데없고 사람을 다루는 데 매우 능숙한 레스토랑 사장이 되어 있었는데, 화자가 지영 밑에서 레스토랑 청소 일을 거들게 되면서부터 화자와 지영의 관계는 점차 종속적인 성격을 띠게 된다. 어느 날 지영은 화자에게 무려 만 불이나 되는 돈을 선물처럼 건네며 자신의 죽은 남편의 작업실을 정리해달라는 부탁을 한다. "꼴

같잖은 예술 한답시고 은근히 나를 무시했"다며 남편의 흔적과 기억을 모두 지워버리고 싶어 하는 지영은 화자에게 돈이 될 수 있는 "정말 중요한 것만 빼곤 다 버려도" 된다며 정리와 관련한 모든 판단을 화자에게 일임해버린다. 작업실은 "그림을 그리는 사람이라면 누구나 한번쯤 꿈꾸었을 아름다운 공간"이었는데 화자는 그곳에서 열흘간 머물며 그토록 오래 잊고 지내왔던 창작에 대한 열망과 갈증들을 다시 마주하게 된다. 죽은 자의 물건과 그 물건들에 깃든 온기와 감정과 사유들에 깊이 빠져듦으로써 화자는 자신이 그토록 달아나고자 했던 최초의 갈망이 무엇이었는지 어째서 지금에서야 이 갈망들을 받아들일 수 있게 된 것인지 차분히 이해해간다. 남편과 아이, 그리고 지영에게 묶여 있던 해묵은 마음들의 밑바닥을 딛고 일어서서 작업실을 둘러쌌던 그 "뜨겁고 차갑고 명료했던 숲의 시간들" 속으로, "낯설고 두렵고, 아름다웠"던 사슴의 눈빛 속으로 당당히 걸어 들어간다.

「나이프 박스」는 안전한 실패들에 기대어 자신의 진짜 실패로부터 끊임없이 달아나고자 했던 한 소설가의 이야기를 들려준다. 등단한 지 십 년 만에 캐나다로 이민을 온 명희는 아이들을 모두 대학에 보내고 난 뒤에야 비로소 글에 집중할 수 있는 시간을 얻게 된다. "언젠가는 제대로 된 글을 쓸 수 있"으리라는 막연한 열망만으로 등단 이후 삼십 년이라는 긴 시간을 견뎌왔지만, 마침내 찾아온 기회 앞에서 어쩐지 "쓰는 것은 처음보다 더 막막하고 고통스"럽기만 하다. 더 이상 기댈 핑계들조차 남지 않게 되자 명희는 치앙마이에 방을 얻고 글을 쓰기 위해 모아두었던 돈까지 모두 털어 엉뚱하게도 요리 학교에 등록을 해버린다. 새로운 핑계를 억지로 만들기까지 하며 버텨보지만 늦은 나이에 젊은 학생들과 같이 경쟁하는 것은 힘에 부쳤고 무엇보다 호텔에서의 실습 과정은 명희에게 모욕적인 무력감만을 안겨준다.

오랜 열망은 내버려둔 채 엉뚱한 일에만 몰두하곤 했던 명희의 이 오랜 습관은 상처가 품은 독기와 열을 가라앉히는 가장 확실하고도 안전한 방식이자 닫혀 있던 마음의 문을 열기 위한 신중한 기다림의 시간이었고 명희는 그런 시간이 지닌 힘을 늘 신뢰했다. 실습 마지막 날, 명희는 줄곧 주눅 든 채 드나들던 직원 전용 통로가 아닌 호텔 정문으로 당당하게 내려온다. "나이프 박스"에 담긴 무수한 도구들, 사용조차 못한 잔뜩 무장된 핑계들을 중고 물건 기부 접수처에 내려놓은 채 시간의 세례 속에서 좀 더 단단해진 상처를 다시 품에 안고, 물러섰던 최초의 자리로 돌아온다. 이 모든 일들의 헛됨이 아니라 그 허방의 시간들이 다져놓은 단단한 마음들을 재차 확인하며 오래도록 잊어왔던 최초의 열망 속으로 갈증과 허기의 중심 속으로 결연한 발걸음을 다시 내딛는다.

5. 달아남으로써 돌아오는

반수연의 인물들은 스스로의 진실로부터 있는 힘껏 달아남으로써 되돌아온다. 이들은 한계도 갈증도 모르는 관념의 탈주나 외부의 폭력에 의해서가 아니라 지극히 인간적인 한계와 조건들로 인해 스스로의 의지와 욕망에 따라 도망자의 운명을 기꺼이 떠맡는다. 반수연 소설의 그 숱한 유배와 우회, 망각과 수치의 시간들은 어째서 하나의 욕망과 상처가 자신에게 가장 중요한 생의 추동이자 이유였는지를 이해하고 받아들이기 위한 납득과 체념, 수용과 성찰의 시간에 다름 아니다. 그 기나긴 회피와 회귀, 지연과 실패의 순환과 역설을 반수연의 문장은 꿈꾸고 패배하는 자의, 갈망하고 좌절하는 자의 순수성과 진정성으로 성실히 번역하여 기록한다.

비록 어떤 것도 다시는 되돌릴 수 없지만, 꿈은 그것이 실현되는 순간에조차 우리를 조금씩 배반해갈 뿐이지만 꿈과 현실 사이 아득하게 벌어진 그 어두운 심연을 반수연의 소설은 외면하지 않고 마음을 다해 바라본다. 이 단 하나의 행위, 어떤 말과 사유로도 온전히 응답될 수 없는 진실을 위해 그의 이민자들, 능숙한 도망자들은 몸을 사리지 않고 온 힘을 다해 달아난다. 멀어지지 않고서는 한순간도 견딜 수 없었지만 결코 온전히 떠날 수도 없었던 맹목의 마음들 곁에서 반수연의 문장은 이들 달아나는 자들에게도 윤리가 있음을, 가장 힘들고 아픈 우회를 통해서만 도달할 수 있는 마음이 있음을 고백하고 증언한다. 그 치열하고 고집스러운 도망자의 윤리를, 불가피한 마음들로 엮인 고유한 매듭과 선연한 문양들을 등단 이후 오랜 침묵을 깨고 펴낸 반수연의 첫 소설집으로부터 읽는다.

가끔 인터뷰에서 어쩌다가 소설을 쓰게 되었냐는 질문을 받는다. 읽고 쓰는 것만이 일상의 남루를 견디는 힘이었다든지, 소설가가 오랜 꿈이었다든지, 쓰지 않으면 죽을 것 같았다는 거창한 말들이 떠오르지만 그게 얼마나 진심인지는 모르겠다. 쓰면서 황홀했지만 쓰지 못해 좌절하고 절망한 날들은 또 얼마나 많았던가. 늘 막막했고 오래 실패한 기분에 시달렸다. 소설이 아니었으면 이제쯤은 범박한 기쁨 속에 자족하고 살아도 될 텐데 싶기도 했다.

그러기에 왜 나는 소설 같은 걸 쓰게 되었을까. 모호하고 추상적인 사유들 속에서도 이것 하나는 확실하게 말할 수 있다. 이민을 오지 않았다면 나는 소설 같은 건 쓰지 않았을 것이다.

1998년 봄 캐나다 밴쿠버로 이민을 왔다. 이민 와서 겨우 일 년이 되었을 때 둘째 아이를 출산했다. 그 아이가 백일이 되었을 즈음, 통장의 잔고는 물론 영혼까지 끌어모아 식당을 열었다. 남편은 생전 처음 주방에서 서양 요리를 했고, 나는 갓난쟁이를 남의 손에 맡기고 식당으로 나와 서투른 영어로 홀에서 음식을 날랐다. 새벽부터 밤까지 일했지만 가게는 매일매일 망해갔다. 이러다가 아이들과 함께 이국의 길바닥에 나앉는 건 아닐까 무서웠다.

남편은 주방에서 팔릴지 말지 모르는 식재료를 매일 다듬었고 나는 출입문을 바라보며 올지 안 올지 모를 손님을 기다렸다. 지나가는 사람의 발걸음이 가게의 입구에서 멈추면 제발 식당 안으로 들어와 뭐라도 먹어달라 기도하는 심정으로 그들의 몸짓을 살폈다. 밖에서 유리문으로 식당 안을 쑥 훑어보던 행인이 돌아서버리면 심장이 먼저 덜컥 내려앉았다. 어쩌다가 문을 밀고 가게로 들어오는 손님이 있으면 나의 목소리는 가증스럽게 친절해졌다. 온종일 손님을 기다리느라 모든 신경이 곤두섰지만 손님은 참 더럽게 없었다.

기다리는 것은 고역이었다. 기다리지 않기 위해 계산대 아래 한국 소설책을 펴놓고 고개 숙여 읽기 시작했다. 오지 않는 손님은 오지 않을 미래처럼 막막했지만 그럴수록 책은 재밌었다. 손님이 식당 안으로 들어와 내 앞에 서 있는 줄도 모르고 읽는 것에 몰두할 때도 있었다. 그걸 뭐라고 해야 할까. 회피라고 해야 할까, 도망이라고 해야 할까, 위안이라고 불러야 할까. 그걸 기도라고 부르면 안 되는 걸까. 내 소설은 거기서 시작되었다.

고향이 싫었다. 철들고부터는 고향을 떠나는 것만이 꿈이었다. 원대로 지구 반대편에 정착했고 이십삼 년의 시간이 흘렀다. 그런데 이건 또 뭔가. 지난 시간을 돌이켜보니 나는 매일매일 고향으로 돌아가고 싶었다. 어쩌면 진작에 그쪽으로 걸어가고 있었는지도 모르겠다.

통영.

내 모든 작품이 그곳을 향해 있더라는 말씀을 듣던 날, 나는 노트북 위에 얼굴을 묻고 조금 울었다. 그곳이 내 고향이 아니었다면 나는 소설 같은 건 쓸 수 없었을 것이다.

2021년 6월

반수연

수록 작품 발표 지면

메모리얼 가든 _『조선일보』 2005년 신춘문예 당선작
혜선의 집 _2020년 재외동포문학상 수상작
나이프박스 _2018년 재외동포문학상 수상작
사슴이 숲으로 _2014년 재외동포문학상 수상작
통영 _2015년 재외동포문학상 수상작
국경의 숲 _『현대문학』 2005년 4월호
자이브를 추는 밤 _『리토피아』 2020년 겨울호

통영

1판 1쇄 발행 | 2021년 6월 15일

지은이 | 반수연
펴낸이 | 정홍수
편집 | 김현숙 임고운
펴낸곳 | (주)도서출판 강
출판등록 | 2000년 8월 9일(제2000-185호)

주소 | 서울시 마포구 동교로 17안길 21(우 04002)
전화 | 02-325-9566
팩시밀리 | 02-325-8486
전자우편 | gangpub@hanmail.net

값 14,000원
ISBN 978-89-8218-279-2 03810